D1994257

TINA CASPARI

Applaus für BILLE und ZOTTEL

Schneider-Buch

Inhalt

Frühling in Groß-Willmsdorf

„Ich fühle mich, als säße ich im Nachthemd auf dem Pferd!" Bille schloß die Augen und reckte sich wie eine schläfrige Katze. Zottel ging am langen Zügel und ließ Kopf und Ohren hängen, sein rot-weiß gesprenkeltes Fell dampfte von dem langen Ritt.

„Ich habe schon seit einer ganzen Weile den Verdacht, daß ihr beide pennt!" rief Simon, der hinter Bille ritt. „Wenn man euch so ansieht – wie ein Maultier mit einem Mehlsack auf dem Rücken!"

„Ich bin genauso müde nach unserem langen Ritt", verteidigte Bettina die Freundin und zog die Ärmel ihres Pullis, den sie sich um den Bauch gebunden hatte, zu einem festen Knoten. „Die ungewohnte Hitze steckt einem wie Blei in den Gliedern!"

Sie trieb ihre zierliche Haflingerstute an, die schnaubend ein paar Meter trabte, bis sie auf gleicher Höhe mit Zottel ging.

„Wo bloß auf einmal die vielen Mücken herkommen?"

Florian verscheuchte ärgerlich den tanzenden Schwarm vor seinem verschwitzten Gesicht, den die plötzliche Wärme ins Freie gelockt hatte.

„Es wird eben Frühling", sagte Bille gleichmütig. „Laß sie doch. Was hast du gegen die Mücken?"

„Sie schmecken mir nicht."

„Dann mach den Mund zu."

Simon klopfte seiner Stute beruhigend den Hals, als sie in der ausgefahrenen Rinne des Feldwegs ausrutschte und stolperte. „Auch schon erschöpft? Na, gleich haben wir's geschafft."

„Ihr seid mir vielleicht ein müder Verein! Kann ich gar nicht verstehen!" Daniel nahm die Zügel auf und sah seinen Bruder abschätzend an. Sein Pferd schreckte hoch und machte einen Satz nach vorn.

Bille wandte sich lachend zu ihm um.

„Gib doch bloß nicht so an, Daniel! Du bist genauso abgeschlafft wie wir. Warum bist du denn die ganze Zeit an letzter Stelle geritten? Wenn dein Pferd in die nächste Koppel marschiert wäre und sich schlafen gelegt hätte, du hättest es nicht mal bemerkt. Du wärest neben ihm ins Gras gekullert und hättest geschnarcht, wetten?"

„Ich? Ich bin taufrisch", wehrte sich Daniel und unterdrückte nur mühsam ein Gähnen. „Ich bin nur hinter euch hergeritten, um aufzupassen, daß keiner verlorengeht. Aber das hat man nun davon, wenn man euch zu einem Ausflug ans Meer mitschleppt – kaum drei Stunden, und ihr seid total überfordert."

„Was heißt hier Ausflug ans Meer?“ maulte sein Bruder. „Du hast uns ja die ganze Ostseeküste rauf- und runtergescheucht, und das im Galopp! Mein Pferd stolpert schon über seine eigenen Beine, so fix und fertig ist es.“

„Ein bißchen Anstrengung schadet ihm gar nichts“, gab Daniel ungerührt zurück. „Er ist sowieso viel zu fett. Genau wie du.“

„Keil doch mal kräftig nach hinten aus, Dicker!“ raunte Florian seinem stämmigen kleinen Rappen ins Ohr. „Zeig's dem langen Lulatsch, gib's ihm!“

Aber sein Pferd tat ihm nicht den Gefallen. Unwillig schnaubte es auf, zum Zeichen, daß es nicht mehr angeredet zu werden wünschte. Es dachte nur noch an den Stall und an einen großen Eimer bis an den Rand gefüllt mit kühlem, frischem Wasser.

Die Sonne schwebte wie eine riesige Blutorange über dem Wald, so nah, daß man Angst bekommen konnte, sie könne plötzlich ihre Bahn verlassen und auf die Erde zurasen.

Bille blinzelte und schloß die Augen. Sie beugte sich vor und legte sich auf Zottels Hals, ihre Finger krallten sich zärtlich in die dichte Mähne ihres Ponys.

„Bist du uns sehr böse, wenn wir dir nicht das Ehrengeleit nach Groß-Willmsdorf geben und direkt nach Peershof zurückreiten?“ rief Simon hinter ihr.

„Ich? Wie kommst du darauf! Ist doch klar, daß ihr mit den erschöpften Pferden auf dem kürzesten Weg heimreitet“, sagte Bille. „Hast du Angst, ich könnte verlorengehen?“

„Unser lieber Simon ist eben ein guterzogener Junge“, stichelte Daniel. „Immer zuvorkommend Damen gegenüber – und 13jährigen, die es werden wollen.“

„Einer muß ja die Familienehre retten. Seid froh, daß ihr ihn habt, sonst wäret ihr schlimm dran!“ sprang Bettina dem Vetter bei. „Tschüß, Bille, ich ruf dich später noch an, damit wir die Matheaufgaben vergleichen können. Ich fürchte, ich habe ein paar überhaupt nicht kapiert."

„Okay, bis dann. Kommt gut nach Hause!"

Bille winkte den Freunden nach, bis sie hinter der Wegbiegung verschwunden waren. Wie selbstverständlich Bettina zwischen ihren drei Vettern ritt. Gerade ein halbes Jahr war es her, daß sie auf Peershof Einzug hielt – eine blasse kränkliche Schönheit, wie ein Wesen aus einer anderen Welt, gezeichnet von dem schweren Unfall, der ihre Eltern das Leben gekostet hatte. Weder die drei Brüder noch Bille waren besonders glücklich über die Aufgabe gewesen, Bettina bei ihrem Start in ein neues Leben zu helfen.

Nicht Monate, sondern Jahre schienen Bille vergangen zu sein, seit ihrer ersten Begegnung. In der kurzen Zeit waren Bettina, sie und die drei Brüder zu unzertrennlichen Freunden geworden.

„Das habt *ihr* zustande gebracht", sagte Bille laut zu Zottel. *„Ihr* und unsere närrische Liebe zu euch Vierbeinern. Nun komm, es wird Zeit fürs Abendbrot!"

Zottel ließ sich zu einem Trab überreden, und bald lagen die behäbigen Wirtschaftsgebäude des Gutshofs Groß-Willmsdorf vor ihnen.

Warum waren die Pferde noch auf den Koppeln? Es war doch schon spät? Bille überlegte, ob sie sie gleich mit auf den Hof nehmen sollte – wenigstens die Stuten. Aber vielleicht hatte der alte Petersen einen Grund, sie hier draußen zu lassen und würde sich über ihr eigenmächtiges Handeln ärgern? Nun, Petersen war nicht der Typ, sich leicht zu ärgern. Trotzdem, es war besser, sie schaute erst einmal in den Stall.

Die hohen Buchen und Kastanien im Park, die einen schützenden Ring um das weiße Gutshaus bildeten, leuchteten in den letzten Strahlen der Abendsonne. Die Luft war erfüllt von Vogelstimmen, es duftete nach feuchtem Gras und

Blumen und nach dem Dung auf den Feldern, genau die Mischung, die Bille bis zum Platzen mit Freude anfüllen konnte. Freude, daß endlich Frühling war und Freude, daß sie hier leben durfte, auf dem Land, bei den Pferden – und nicht irgendwo in der Stadt in einer grauen Straße in einem Hochhaus.

Auf dem Hof war es still, es schien, als seien alle bereits schlafen gegangen. Das Klappern von Zottels Hufen klang unnatürlich laut in diese Abendstille hinein. Was war eigentlich los? Die Pferde noch draußen – und kein Mensch auf dem Hof?

Bille sprang aus dem Sattel und führte Zottel am Zügel in den Stall. Zottel strebte sofort der Tränke zu, und sie hatte alle Mühe, ihn zurückzuhalten und ihm den Sattel abzunehmen.

„Langsam, mein Junge, nicht so hastig, das bekommt dir nicht. Einen Augenblick mußt du dich noch gedulden."

Sie band das Pony im Stallgang fest und begann, sein verschwitztes Fell mit einem Strohwisch abzurubbeln.

Zottel ließ die Prozedur ungeduldig über sich ergehen und bekam zum Lohn seinen Eimer Wasser, den Bille sorgfältig mit einem Büschel Stroh abgedeckt hatte, um ihren Liebling am allzuhastigen Trinken zu hindern. Zärtlich strich sie ihm über den Rücken, als er ärgerlich mit dem Maul die kitzelnden Halme auseinanderschob.

„Mach dir nichts draus, Dicker, so schmeckte es viel besser, glaub mir! Ich trinke auch am liebsten mit Strohhalm . . ."

Bille schreckte hoch. Aus der hintersten Box im Seitenflügel hatte sie ein tiefes Stöhnen gehört. Ein Stöhnen, das nur eines bedeuten konnte . . .

Sie ließ Zottel stehen und lief auf Zehenspitzen den Gang hinunter. Jetzt hörte sie auch Stimmen, leise, beruhigende Zurufe, Erleichterung schwang in ihnen mit. Bille trat an die Box heran.

Vor der Tür zur Box stand Karlchen und legte warnend den Finger an die Lippen. Und dahinter standen sie alle – der alte Petersen, Hubert (Petersens Gehilfe und Karlchens großer Bruder) und Herr Tiedjen, ihr Lehrer und Vorbild, dem Groß-Willmsdorf gehörte. Am Boden kniete Dr. Dörfler, der Tierarzt, neben der Stute Jacaranda und hielt den Kopf eines winzigen Fohlens, das vor ihm im Stroh lag.

„Gott sei's getrommelt und gepfiffen, das ist noch mal gutgegangen", murmelte er. „Ein Hengstfohlen."

Bille stellte sich auf die Zehenspitzen. Herr Tiedjen fing ihren fragenden Blick auf.

„Du hast ein kleines Drama versäumt, Mädchen. Sei froh – wir sind alle fix und fertig." Herr Tiedjen fuhr sich mit dem Handrücken über die Stirn und verließ leise die Box, gefolgt

„Das ist noch mal gutgegangen, ein Hengstfohlen", murmelte der Tierarzt erleichtert

von Petersen und Hubert. „Lassen wir Dörfler allein mit ihr, jetzt braucht er uns ja wohl nicht mehr."

„Eine Frühgeburt, nicht wahr?" fragte Bille leise.

„Ja, eine scheußliche Geschichte. Sie ist, durch eine Detonation erschreckt, ausgerutscht und ganz unglücklich gestürzt. Wir haben nicht zu hoffen gewagt, daß das Fohlen lebt."

„Eine Detonation? Ach, diese blöden Düsenjäger, ja, die haben wir auch gehört. Bongo wäre fast durchgegangen."

„Die Stute war völlig durchgedreht. Zum Glück war ich in der Nähe und auch Dörfler war schnell zur Stelle", berichtete Herr Tiedjen.

Dr. Dörfler hatte vorsichtig Nüstern und Mäulchen des Fohlens vom Schleim gereinigt und seinen nassen kleinen Körper mit Stroh abgerieben, da Jacaranda noch zu schwach war, sich um ihr Kind zu kümmern.

Der alte Petersen und Hubert begannen, die Nachbarbox herzurichten, um das Pferd mit seinem Fohlen umzuquartieren, sobald sie wieder auf den Beinen war. Herr Tiedjen ging an die Box zurück, in der die erschöpfte Stute lag, und betrachtete die Arbeit des Tierarztes, der dem Fohlen jetzt eine Spritze gab.

„Ich glaube, du brauchst dir keine Sorgen zu machen", sagte Dr. Dörfler. „Der kleine Kerl ist zwar zierlich, aber muskulös und kräftig gebaut. Bei entsprechender Pflege kann er sich gut entwickeln."

Jacaranda hob den Kopf und schnupperte an ihrem Neugeborenen. Dr. Dörfler trat zurück.

„Lassen wir die beiden jetzt allein, ich werde sie von draußen im Auge behalten. Ich bleibe auf jeden Fall, bis wir sicher sein können, daß alles in Ordnung ist und sie das Fohlen angenommen hat."

„Hilfst du mir, die Pferde reinzuholen?"

Karlchen war leise an Bille herangetreten, die immer noch wie gebannt in Jacarandas Box starrte.

„Klar doch, komm! Je weniger um sie herumstehen, desto besser für sie“, sagte Bille und trennte sich schweren Herzens von dem Anblick des wolligen kleinen Pferdekindes. „Ganz schwarz ist es, hast du gesehen? Ob es so bleibt – oder ob es auch ein Schimmel wird?“

„Hauptsache es wächst und bleibt gesund“, meinte Karlchen achselzuckend. Seinem Gesicht war anzusehen, daß auch ihn die vergangenen Stunden ganz schön mitgenommen hatten. Er interessierte sich zwar nicht sonderlich für Pferde und half im Stall nur aus, weil er sich ein wenig Taschengeld verdienen wollte und Hubert ihm diesen Job verschafft hatte. Aber die aufregende Geburt des kleinen Hengstfohlens war ihm richtig unter die Haut gegangen. „Weißt du was?“ sagte er grinsend zu Bille. „Ich glaube, ich werde ihn adoptieren. Das wird jetzt mein Pflegekind. Du hast ja Sindbad.“

„Sindbad – du lieber Himmel, es wird wirklich Zeit, daß wir uns um die anderen kümmern. Komm!“

Bille brachte Zottel in seine Box und ging mit Karlchen auf die Koppeln, um die Pferde hereinzuholen. Dann half sie Hubert und Petersen, das Kraftfutter zu verteilen und bereitete Sindbad seinen nahrhaften Brei, da Sinfonie, seine Mutter, kaum noch Milch für ihn hatte.

Der Tierarzt kam aus Jacarandas Box und warf einen Blick zu Bille hinein, die beruhigend auf Sinfonie einredete, während Sindbad sein Abendbrot schleckte.

„Seit sie herausbekommen hat, wie gut der Brei schmeckt, will sie unbedingt ihren Teil abbekommen“, erklärte Bille lächelnd. „Ich werde doch eine Fohlenkrippe für ihn anschaffen müssen. Wie geht es unserem Neugeborenen?“

„Gut. Es steht schon auf den Beinen und sucht nach dem Gesäuge. Achtet darauf, ob es auch wirklich trinkt. Ich muß jetzt für eine Stunde in die Praxis. Wenn nichts Dringendes vorliegt, komme ich vielleicht später noch mal vorbei.“

„Was ist mit Jacaranda? Gibt es irgendwas, was wir für sie tun können?"

„Nein. Selbstverständlich muß sie jetzt ein besonders kräftigendes Futter bekommen. Ich habe ihr zwei Injektionen gegeben, es geht ihr schon wieder ganz gut. Sie ist vollauf mit ihrem kleinen Sohn beschäftigt. Am besten, ihr laßt sie ganz in Ruhe."

„Klar."

„Dein kleiner Schützling hat sich prächtig entwickelt, wie ich sehe."

„Ja, ich bin auch ganz stolz auf ihn. Aber was mich am meisten freut: daß ich mich mit Sinfonie angefreundet habe. Sie war doch so zickig früher – vor einem Jahr hatte ich noch einen Mordsrespekt vor ihr."

„Nun, du hast in diesem einen Jahr eine Menge gelernt. Daran wird's wohl liegen. Tja, ich muß gehen. Ich brauche dringend was in den Magen und ein kühles Bier. Tschüß, Bille, mach's gut."

„Wiedersehen!"

Sindbad hatte seine Mahlzeit beendet, und Bille verabschiedete ihn mit einem zufriedenen Klaps. Dann verließ sie die Box und ging leise zu Jacaranda hinüber, die jetzt mit ihrem Kleinen in der eigens für sie vorbereiteten geräumigen Box in der ruhigsten Ecke des Stalles stand. An der Tür lehnte Karlchen, die Nase zwischen den Gitterstäben.

„Es trinkt, das Fohlen trinkt", flüsterte er atemlos. „Es trinkt tatsächlich."

„He, ich glaube, du hast dich verliebt? Du hast ganz glänzende Augen."

„Kann schon sein. Gehen wir zusammen nach Hause? Oder reitest du?"

„Nein, ich lasse Zottel heute nacht hier, er ist todmüde von unserem Ausflug. Was ist mit deinem Moped?"

„Verliehen", sagte Karlchen grinsend. „An einen Herrn, der nicht genannt sein möchte. Muß seine Freundin nach Hause bringen."

„Das ist groß von dir, alle Achtung. Na komm, gehen wir!"

Eine unglaubliche Geschichte

Karlchen und Bille halfen Hubert, den Stall zu säubern, räumten Geräte und Eimer weg und machten sich auf den Weg nach Wedenbruck.

„Ganz schön spät geworden, hoffentlich sind Mutsch und Onkel Paul nicht sauer. Ich hätte anrufen sollen", sagte Bille.

„Da mach dir man keine Sorgen, sie wissen Bescheid."

„Wieso denn das?"

„Herr Tiedjen hat anrufen lassen, als es losging – mit der Frühgeburt. Er hat durch die Sekretärin, Fräulein Beck, bei deinen Eltern anrufen lassen, ob du zu Hause wärst, du solltest sofort kommen, wenn's möglich wäre."

„Und ich hab mich ahnungslos mit den Peershofern am Meer herumgetrieben! Zu blöd."

„Na, wer denkt auch an so was!"

„Warum wollte er, daß ich komme?"

„Um zu helfen, was sonst? Außerdem hat er wohl gedacht, du könntest was dabei lernen."

„Finde ich prima von ihm. Daß er extra anrufen läßt . . ."

Ein heißes Gefühl der Freude durchrieselte Bille. Sie war ihm wichtig. Sie, Sibylle Abromeit, ein Mädchen aus dem Dorf, das nichts mitbrachte außer einer dicken Portion Pferdenarrheit – und den Willen, für diese Leidenschaft jedes Opfer zu bringen –, war dem großen Turnierreiter Tiedjen wichtig. An ihrer Ausbildung, die er persönlich übernommen hatte, ihrer

Arbeit, ihrer Mithilfe, ihrer Weiterentwicklung war er interessiert. Es war gut, das einmal wieder zu spüren, es stachelte den Ehrgeiz von neuem an und machte Mut zum Durchhalten.

„Kannst dir schon was einbilden auf den Stein, den du beim Chef im Brett hast“, sagte Karlchen, als hätte er ihre Gedanken lesen können.

„Du wirst lachen: tu ich auch. Aber es ist auch – pst! Bleib mal stehen!“ unterbrach sich Bille und zog Karlchen am Arm zur Seite.

Sie waren bei der Koppel angelangt, die zum Hof des Bauern Hansen gehörte, dem letzten Hof in Wedenbruck an der Landstraße nach Neukirchen. Vor ihnen auf dem Feldweg parkte ein Wagen. Er war nur undeutlich zu erkennen in der Dunkelheit, aber es schien ein großer Wagen zu sein.

„Kannst du was sehen?“

„Kaum. Scheint einen Anhänger zu haben“, flüsterte Bille.

„Was der wohl dort will?“

„Vielleicht ein Liebespärchen?“

„Mit Anhänger? Und hier auf freiem Feld?“

„Dann eben ein Besoffener, der seinen Rausch ausschläft. Vielleicht kommt er vom Viehmarkt.“

„Pssst, hör doch mal!“

Jetzt waren Stimmen zu hören. Ein Mann und eine Frau, die aufgeregt flüsterten. Offenbar stritten sie sich.

„Also doch ein Liebespaar“, brummte Karlchen.

„Jetzt halt doch die Klappe! – Nein, aus dem Dorf sind sie nicht.“

Bille starrte angestrengt in Richtung des Wagens, undeutlich sah man zwei Gestalten hin und her huschen. Dann drang ein scharfer, metallischer Laut durch die Stille, dann quietschte ein Scharnier in den Angeln. Der Mann fluchte leise.

„Viehdiebe!“ raunte Bille atemlos. „Glaubst du auch, daß es Viehdiebe sind?“

„Hansen läßt doch sein Vieh nachts nicht draußen. – Still!“

Jetzt war das Getrappel von kleinen Hufen zu hören.

„Ein Schaf oder ein Kalb – es sind doch Viehdiebe“, flüsterte Bille aufgeregt. „Wir müssen jemanden zu Hilfe holen!“

„Und inzwischen sind sie weg.“

„Laß uns wenigstens näher ranschleichen. Vielleicht können wir die Autonummer erkennen. Hast du eine Taschenlampe?“

„Nein, aber Streichhölzer.“

„Die werden uns nicht viel nützen.“

„Komm, hinter dem Knick entlang, da sind wir in Deckung!“

Karlchen nahm Bille bei der Hand und zog sie hinter die dichte Hecke aus Schlehenbüschen und Weidengestrüpp. Im Schatten des Buschwerks schlichen sie vorwärts.

Klick! Bille war in der Furche abgerutscht und hatte einen Stein gelöst, der hart auf einen anderen prallte.

„War da nicht was? Fahren wir bloß weg von hier!“ hörten sie eine Frauenstimme.

„Wir sind ganz nah bei ihnen“, wisperte Karlchen und versuchte, durch die Zweige hindurch einen Blick auf das Auto zu werfen. Dicht neben ihm knallte eine Autotür ins Schloß, der Motor wurde angelassen.

Karlchen robbte vorwärts, um besser sehen zu können. Gerade als er hoffte, einen Blick auf das Nummernschild zu erhaschen, wurden die Scheinwerfer eingeschaltet. Karlchen konnte gerade noch rechtzeitig den Kopf zurückziehen und holte sich ein paar schmerzhafte Kratzer.

„Verdammter Mist!“ zischte er. „Kannst du was sehen?“

„Vorsicht!“ keifte die Frau im Wagen. „Setz den Anhänger nicht in den Graben!“

„Ich bin doch kein Anfänger, hab dich nicht immer gleich so“, knurrte eine Männerstimme.

Dann verschwand das Auto vor ihren Augen, wurde geschickt rückwärts auf die Landstraße gelenkt und fuhr mit aufheulendem Motor davon.

„Was immer er da in seinem Anhänger hat, jetzt hat es sich sämtliche Beine gebrochen!" sagte Bille, wütend über ihren Mißerfolg. „Wir haben es falsch gemacht, wir hätten um Hilfe schreien sollen – oder sie irgendwie erschrecken. Was machen wir nun?"

„Ich nehme an, wir werden zu Hansens gehen und fragen, was sie auf der Koppel hatten."

„Laß uns doch mal nachschauen. Vielleicht hat er seine Schafe draußengelassen. Sie werden sie ja nicht alle mitgenommen haben. Dann melden wir den Vorfall dem Dorfpolizisten und der kann eine Fahndung nach dem Wagen einleiten."

Bille und Karlchen krochen aus ihrem Versteck und gingen zum Koppelgatter.

„Kannst du was sehen?"

„Nö, alles leer. Weiß der Teufel, was die da verladen haben." Karlchen befühlte die blutende Schramme, die ihm ein Weißdornzweig gerissen hatte.

Da hörten sie das Husten. Ein so klägliches Husten, daß sich Bille sofort das Herz zusammenkrampfte. Mit einem Satz schwang sie sich über das Koppelgatter und ging dem Geräusch nach, die Hände tastend vorgestreckt. Und plötzlich steckten ihre Hände in einer wolligen Mähne, ähnlich der, die Zottel hatte.

„Karlchen, schnell, deine Streichhölzer!"

Bille betastete den Hals, die magere Kruppe, dann fuhr sie dem Tier die Nase entlang, streichelte ihm das Maul.

„Ein Pony, ein Islandpony wahrscheinlich. Ich werd verrückt! Jetzt verstehe ich überhaupt nichts mehr ..."

Karlchen war herangekommen und riß gleich drei Streichhölzer auf einmal an. Sie flammten nur für einen kurzen

Augenblick auf, aber er genügte, um Bille den Tränen nahezubringen.

„Mein Gott, du siehst ja katastrophal aus, mein armer Kerl! Was haben sie denn bloß mit dir gemacht? Total verwahrlost, abgemagert, die Nüstern voller Schleim – er ist völlig apathisch! Aber was macht er hier auf Hansens Koppel?"

„Ganz einfach: sie haben ihn ausgesetzt."

„Ausgesetzt? Was meinst du damit?"

„Sie konnten ihn nicht mehr gebrauchen, wahrscheinlich wurde er ihnen zu teuer, seine Pflege zu unbequem, die lieben Kinderchen interessierten sich nicht mehr für das Pony – da haben sie ihn eben abgeschoben."

„Aber so etwas kann man doch mit einem Pferd nicht machen!" sagte Bille empört.

„Ich glaube, du liest keine Zeitungen. Wie die Dinge liegen, kann er von Glück sagen, daß er nicht beim Pferdemetzger gelandet ist. Denn da enden viele seiner Kollegen, die leichtsinnige Eltern für ihre Kinder anschaffen, und die ihnen dann lästig werden. Erst neulich habe ich einen Artikel darüber gelesen."

Bille schüttelte sich vor Entsetzen.

„Ich habe schon gehört, daß man Hunde ausgesetzt hat. Das ist schlimm genug. Aber ein Pony . . ."

„Was machen wir jetzt? Wir können ja nicht ewig hier herumstehen. Oder willst du ihm die ganze Nacht Gesellschaft leisten?"

Karlchen hatte Hunger, und Hunger machte ihn ungeduldig.

„Unsinn. Ich nehme ihn mit, ist doch klar", sagte Bille bestimmt. „Er braucht dringend Pflege. Zum Glück haben sie ihm wenigstens sein Halfter gelassen."

„Okay. Zottels Stall ist ja heute nacht frei. Hoffentlich hat er keine ansteckende Krankheit."

Karlchen öffnete das Gatter und Bille führte ihren neuen Schützling heraus. Das Pony folgte ihr völlig teilnahmslos.

„Mutsch und Onkel Paul werden Augen machen! Hoffentlich frißt er."

„Wer, Onkel Paul?"

„Quatsch, das Pony. Vielleicht ist es so fertig, daß es gar nichts mehr annehmen mag."

„Dann gib ihn bei Zottel in die Lehre, damit er sieht, was echte Gefräßigkeit ist."

„Zottel hat sich sehr gebessert."

„Hähä – wie sagt man da? Der Not gehorchend, nicht dem eigenen Triebe."

Sie waren im Dorf angekommen und bogen auf die Hauptstraße ein.

„Soll ich dich noch bis nach Hause begleiten?"

„Nein, nein, geh nur. Du siehst ja, er folgt mir wie ein Hündchen."

„Wenn ich die ganze Zeit so gekrault würde, würde ich dir auch folgen wie ein Hündchen. Also macht's gut, ihr beiden. Gute Nacht!"

„Du, Karlchen! Kannst du nicht schon mal bei uns anrufen und Mutsch und Onkel Paul auf meine Ankunft vorbereiten? Damit sie nicht gleich vom Stuhl fallen."

„Okay, mach ich."

„Danke. Gute Nacht!"

Bille sah Karlchen nach, wie er auf dem Hof seiner Eltern verschwand, sie wartete, bis sie die Tür quietschen hörte und das Licht im Hausflur aufflammte. Das Telefon befand sich im Flur gleich neben der Küchentür. Wenn er sofort anrief, wußten Mutsch und Onkel Paul in zwei Minuten, was an diesem Nachmittag alles geschehen war.

Als Bille zu Hause ankam, stand Mutsch bereits in der Tür.

„Mein Gott!" murmelte sie nur, als sie das elende Pony sah.

„Mein Gott! Wie kann ein Mensch so etwas tun?"

„Meinst du, ich kann Dr. Dörfler noch anrufen?"

„Das mußt du sogar. Es hat Fieber. Morgen ist es vielleicht schon zu spät!"

Mutsch half Bille, das Pony in Zottels Stall zu bringen. Bille schüttete etwas Kraftfutter in den Trog und stellte einen Eimer Wasser vor das Tier. Das Pony trank ein paar Schlucke, das Futter rührte es nicht an.

„Ich geh telefonieren", sagte Mutsch. „Und dann mache ich einen Kamillensud, damit kannst du ihm die Augen und die Nüstern auswaschen. Bleib du solange bei ihm."

„Ist gut."

Bille nahm einen Strohwisch und begann, den mageren Körper des Ponys damit zu massieren. Sie wußte nicht, ob es einen Sinn hatte, sie hatte nur das Bedürfnis, Leben in diesen kleinen, heruntergekommenen Körper zu bringen.

„Was ist es denn? Eine Stute?" kam Onkel Pauls Stimme aus dem Hintergrund.

„Ein Wallach. Isländer vermutlich. Wenn wir ihn jemals wieder sauberkriegen, kommt wahrscheinlich ein Schimmel zum Vorschein."

Onkel Pauls mächtige Gestalt schob sich durch die kleine Stalltüre. Kopfschüttelnd starrte er auf das kranke Pony.

„Du, Onkel Paul? Was machen wir denn nun – ich meine, müssen wir den Vorfall der Polizei melden? Und was wird, wenn sie die Leute finden, die ihn ausgesetzt haben? Müssen die das Pony dann wieder zu sich nehmen?"

Onkel Paul lächelte.

„Ich weiß schon, worauf du hinauswillst. Ja, melden müssen wir das auf jeden Fall. Aber ich glaube nicht, daß du ihn wieder hergeben mußt – wenn er überlebt."

Bille strahlte ihren Stiefvater an.

„Danke, Onkel Paul. Du bist einfach ganz große Klasse –

Liebevoll massierte Bille mit Stroh den mageren, heruntergekommenen Körper des Ponys

immer wieder von neuem! Ich bin froh, daß wir dich geheiratet haben."

„Na, was meinst du, wie froh ich bin, daß ihr mich endlich genommen habt", sagte Onkel Paul lächelnd. „Wurde ja auch höchste Zeit."

„Dr. Dörfler wird in einer Viertelstunde hier sein", rief Mutsch schon von weitem. „Bis dahin sollen wir nichts unternehmen. Er will das Tier erst untersuchen."

„Gut. Ich bleibe solange bei ihm. Ich glaube, es gefällt ihm, wenn ich ihn abreibe."

„So viel Liebe hat er vermutlich sonst im ganzen Jahr nicht erfahren", murmelte Onkel Paul.

Die Diagnose des Tierarztes stand schnell fest.

„Eine verschleppte Bronchitis", sagte er, nachdem er das Pony gründlich untersucht hatte. „Außerdem hat es Würmer – in gefährlichem Ausmaß, fürchte ich. Ich werde sofort eine Kotuntersuchung veranlassen, damit ich weiß, welche Mittel ich ihm geben kann. Es war keine besonders gute Idee, ihn in Zottels Stall zu bringen", sagte er zu Bille gewandt. „Obgleich ich dich natürlich verstehen kann. Aber du wirst den Stall gründlich desinfizieren müssen, bevor du Zottel hier hereinbringst. Ein solcher Wurmbefall ist sehr ansteckend, und es gibt noch kein hundertprozentig sicheres Mittel dagegen."

„Das heißt, wir müssen das Pony zunächst mal von allen anderen Pferden isolieren?"

„Auf jeden Fall."

„Glauben Sie, daß es gesund wird?"

„Ich denke schon. Bei deiner Pflege – aber du mußt Geduld haben. Wahrscheinlich hielten seine Besitzer es ständig in einem total veschmutzten, schlecht gelüfteten Stall – ohne Bewegung – und bei falscher und völlig unzureichender Fütterung. Möglicherweise haben die Kinder die Auflage bekommen, allein für das Tier zu sorgen, haben ihm einmal viel und tagelang nichts gegeben.“

„Ich könnte heulen, wenn ich denke, daß es noch mehr solche Menschen gibt“, sagte Bille. „Gibt es denn kein Gesetz, das so etwas verbietet?“

„Doch. Aber wie willst du das jemandem nachweisen? Wer kann das wirklich kontrollieren? Die meisten Nachbarn sind viel zu feige, um Anzeige zu erstatten, wenn sie es überhaupt mitbekommen. Oder zu gleichgültig. Für sie ist ein Pferd einfach ein Gegenstand – wie ein Auto oder ein Motorrad. Denk an die traurige Vergangenheit deines Zottels.“

„Daran dachte ich gerade.“

„Nun mach kein so verzweifeltes Gesicht. Der hier hat das Glück gehabt, in deine Hände zu kommen. Und du hast jetzt eine neue Aufgabe und wirst all deine Kräfte brauchen – für deine zwei Pferde. Ich gebe ihm jetzt zwei Injektionen, darauf wird er hoffentlich Appetit bekommen. Dann mache ich dir noch eine Aufstellung, wie du ihn füttern sollst und was du für seine Pflege brauchst.“

Dr. Dörfler beendete seine Arbeit und packte seine Instrumente zusammen. Bille fuhr fort, dem Pony über Kopf und Hals zu streichen.

„Bitte, bleib am Leben?“ flüsterte sie. „Du mußt wieder gesund werden, hörst du?“

„Hast du schon einen Namen für ihn?“ fragte der Tierarzt.

„Ich habe noch gar nicht darüber nachgedacht . . .“

„Na, wie wär’s denn mit Moses?“ fragte Onkel Paul, der immer noch in der Tür stand. „Du hast ihn zwar nicht im Schilf gefunden und auch nicht in einem Körbchen – aber ein Findelkind ist er doch – und es soll etwas Großes aus ihm werden, oder etwa nicht?“

„Natürlich!“ sagte Bille mit Nachdruck. „Schon um diese Idioten zu ärgern, die ihn so vernachlässigt haben. Aber Moses klingt so steif.“

„Dann nimm die Koseform", schlug Dr. Dörfler lachend vor. „Moischele."

„Moischele?" Bille fuhr dem Pony zärtlich mit den Fingern durch die Mähne. „Ja, das ist ein richtiger Schmusename."

Wie zur Bestätigung rieb das Pony seinen Kopf ganz leicht an Billes Jacke.

„Es fängt an, sich besser zu fühlen", sagte der Tierarzt. „Liebe wirkt nicht nur bei Menschen Wunder, wie man sieht."

„Onkel Paul, darf ich heute nacht im Stall schlafen?" fragte Bille.

„Wir werden mit deiner Mutter drüber reden", sagte Onkel Paul vorsichtig. „Sie hat da ihre eigenen Ansichten. Aber du kannst ja schon mal deinen Schlafsack und das Feldbett heraussuchen."

Onkel Paul zwinkerte Bille zu und ging mit Dr. Dörfler zum Haus.

„Hast du gehört, mein Kleiner? Du brauchst nicht mehr allein zu bleiben. Ich bin gleich wieder da, dann werden wir beide wundervoll schlafen und morgen wird es dir schon viel bessergehen."

Billes neuer Schützling

Die Nachricht von dem ausgesetzten Pony, das Bille in Pflege genommen hatte, schlug bei den Freunden wie eine Bombe ein.

Noch spät am Abend hatte Bille in Peershof angerufen. Frau Henrich, Bettinas Tante, konnte ihren Unwillen über die unpassende Zeit kaum verbergen, sie achtete peinlich auf das, was sie knapp mit „Benimm" bezeichnete. Aber als sie hörte, was passiert war, war sie schnell besänftigt und erlaubte Bettina und ihren drei Söhnen, das unglaubliche Ereignis lang und breit am Telefon zu diskutieren.

Gleich nach der Schule am nächsten Tag kamen die Freunde nach Wedenbruck, um das Findelkind zu besichtigen.

Moischele hatte sich über Nacht sichtlich erholt. Die Medikamente hatten gewirkt, das Fieber war gesunken und er begann, wieder normalen Appetit zu entwickeln.

Onkel Paul war früh am Morgen zum Dorfpolizisten Bode gegangen und hatte das Ereignis gemeldet. Und Mutsch hatte im Sparmarkt in Leesten angerufen, daß sie heute erst nachmittags ins Geschäft käme, weil sie Moischeles Pflege übernehmen wollte.

„Du sollst mit Karlchen heute noch zu Bode kommen", sagte Mutsch, als Bille, gefolgt von Bettina, Daniel, Simon und Florian das Haus betrat. „Er muß ein Protokoll aufnehmen und will mit euch zusammen den Tatort besichtigen."

„Tatort – wie sich das anhört."

„Du kennst doch Bode, er ist froh, wenn er hier mal was zu tun bekommt."

„Glaubst du, daß er mir Schwierigkeiten macht, weil ich das Pony behalten möchte?"

„Du hast es gefunden. Warum sollte er dir Schwierigkeiten machen? Wenn es überlebt, ist es dir zu verdanken."

„Und euch." Bille umarmte sie heftig. „Ich bin so froh, daß ihr mich versteht."

Sie wußte sehr gut, daß ohne Onkel Paul gar nicht daran zu denken gewesen wäre, ein zweites Pony aufzunehmen. Früher war Mutsch in solchen Dingen unerbittlich gewesen. Reiten und Pferde, das war etwas für reiche Leute, Luxus – so hatte sie immer behauptet. Und wenn Herr Tiedjen nicht vor einem Jahr zu ihr gegangen wäre und sie überredet hätte, Bille reiten lernen zu lassen, Bille würde heute noch sehnsuchtsvoll am Rande der Reitbahn in Groß-Willmsdorf stehen und von einer

Karriere als Turnierreiterin träumen. Daß sie dann aber Zottel bekam und einen eigenen Stall für ihr Pony dazu, das wäre ohne Onkel Paul nicht möglich gewesen.

Onkel Paul hatte Mutsch wieder und wieder zugeredet, Billes Reiterträumen nicht im Wege zu stehen. Und nun das zweite Pony. Kein Wort davon, was es kosten würde, das Futter, der Tierarzt – kein: Kind, so was können Leute wie wir sich nicht leisten! Moischele war da, Moischele brauchte Hilfe – und Onkel Paul wischte alle Bedenken mit einer Handbewegung vom Tisch. Und Onkel Paul bewirkte das Wunder, daß Mutsch das alles ganz in Ordnung fand.

Bille drückte ihre Mutter noch einmal an sich.

„Habt ihr gewußt, daß meine Mutter der beste Pferdepfleger der Welt ist?“ sagte Bille übermütig.

„Ach, Unsinn“, wehrte Mutsch verlegen ab und löste sich aus Billes Umklammerung.

„Doch, doch! Ihre Eltern hatten damals in Ostpreußen einen Bauernhof, und meine liebe Mutter war noch viel pferdenärrischer als ich . . .“

„Wenn das überhaupt möglich ist“, warf Simon ein.

„Ohne Onkel Paul hätte ich es nie erfahren“, erzählte Bille. „Sie hat es mir wohlweislich verheimlicht. Zum Glück kannte er sie damals schon, so kam alles heraus. Sie hat nachts heimlich im Stall geschlafen und saß von morgens bis abends im Sattel. In der Nähe war ein Gestüt, dort durfte sie die Pferde bewegen. Aber ich sollte um keinen Preis reiten lernen.“

„Früher war das eben alles ganz anders“, wehrte Mutsch ab. „Wir hatten noch kein Auto und keine Traktoren zu Hause, die Pferde wurden gebraucht. Also konnte man auch reiten und fahren, das ergab sich von selbst.“

„Warum haben Sie nach dem Krieg mit Ihrem Mann keinen Reitstall eröffnet?“ fragte Bettina.

„Mein Mann interessierte sich nicht für Pferde, er war Kaufmann. Und nach seinem Tod hab ich den kleinen Laden eben weitergeführt. Reitstall, auf die Idee wäre ich nie gekommen."

„Und ich war leider noch zu klein, um dich auf die Idee zu bringen", meinte Bille. „Aber warte nur ab, wenn wir so weitermachen, haben wir bald einen."

„Wann kriegen wir denn deinen Schützling nun endlich zu sehen", drängte Daniel.

Bille sah erschrocken auf die Uhr.

„Du lieber Himmel, schon so spät. Solche Plauderstündchen kann ich mir gar nicht mehr leisten. Ich muß mich ja auch um Zottel kümmern – und um Sindbad."

„Und um die Schulaufgaben nicht zufällig auch?" fragte Mutsch ironisch.

„Da haben wir unverschämtes Glück gehabt, nicht wahr, Bettina? Wir hatten nur was in Englisch auf, eine Übersetzung, und die haben wir schon in der Pause gemacht."

„Ja, und was ist mit essen?"

„Hat Zeit bis heute abend. Ich mach mir sonst mittags doch auch nur ein Brot, wenn du im Laden bist."

„Mädchen, Mädchen, wie soll das bloß noch werden", murmelte Mutsch. Aber da waren Bille und ihre Freunde schon draußen.

Vor der Haustür trafen sie auf Karlchen.

„Ich wollte dich gerade abholen. Wir sollen zu Wachtmeister Bode kommen."

„Weiß ich schon. Warte einen Moment, wir wollen nur schnell noch zu Moischele hineinschauen."

„Zu wem?"

„Dem Findelkind. Komm mit!"

Als das Pony die vielen Gestalten auf sich zukommen sah, schreckte es nervös zurück.

„Wahrscheinlich ist es oft von Kindern geneckt worden", meinte Bille. „Es hat Angst vor euch, bleibt ein bißchen zurück, bis es sich an euch gewöhnt hat."

Sie strich dem kleinen Schimmel beruhigend über den Hals. Sofort drängte das Pony sich an sie.

„Na, was habe ich gesagt! Unter Billes Händen blüht er auf! Ihr hättet ihn mal gestern abend sehen sollen!"

Karlchen schaute in die Runde, als seien Billes Fähigkeiten allein sein Verdienst.

„Ich glaube, das wird mal ein Prachtstück, wenn er erst ein bißchen Fleisch auf den Knochen hat. Schaut mal, was für einen hübschen Kopf er hat", sagte Daniel und betrachtete Moischele fachmännisch. „Und er ist ausgezeichnet gebaut. Hat Herr Dr. Dörfler gesagt, wie alt er ist?"

„Höchstens fünf."

„Idiot."

„Dr. Dörfler? Wieso?"

„Quatsch. Ich meine den Mann, der so ein Tier kauft und dann so verkommen läßt."

„Idiot ist fast noch eine Schmeichelei für den Kerl. Ich hätte da ein paar wesentlich treffendere Bezeichnungen, schnaubte Simon.

„Ins Gefängnis gehörte der Kerl!" schimpfte Florian. „Und zwar bei Wasser und Brot – und auch das nur alle drei Tage!"

„Vielleicht sollte man ihn damit strafen, daß man ihn unter genau den gleichen Bedingungen einsperrt", meinte Bettina. „Und ihn zwingt, genau das gleiche zu essen!"

Moischele schien zu den Kindern Vertrauen zu fassen. Er folgte dem Gespräch, als könne er verstehen, daß man hier leidenschaftlich für ihn Partei nahm.

„So, mein Schatz! Du wirst jetzt brav deinen Mittagsschlaf halten. Und wir gehen zu unserem Polizeigewaltigen", sagte Bille und verließ die Box. „Und ihr denkt dran, euch gründlich die Hände zu waschen, wenn ihr irgendwas hier drinnen angefaßt habt. Damit ihr eure Pferde nicht ansteckt."

Wachtmeister Bode ließ sich genau beschreiben, wie Bille und Karlchen das Pony entdeckt hatten

In der Küche hatte Mutsch bereits eine große Schüssel mit Wasser bereitgestellt, dem sie ein Desinfektionsmittel beigefügt hatte. Außerdem stand eine Platte mit belegten Broten auf dem Tisch, auf der innerhalb weniger Minuten auch nicht ein Krümchen zurückblieb. Bille drückte jedem eine Flasche Limo in die Hand, dann zog die Karawane zur Polizeistation und von dort aus – im Windschatten des Zweizentnermannes Bode – zum Lokaltermin auf Hansens Koppel.

Wachtmeister Bode zückte sein Notizbuch und ließ sich von Bille und Karlchen genau beschreiben, wie sie auf dem Heimweg den Wagen entdeckt und geglaubt hatten, es sei ein Viehdieb, wie sie sich dann an der Außenseite des Knicks herangeschlichen hatten, um die Autonummer festzustellen, und der Wagen vor ihrer Nase davongefahren war.

„Warum ist nicht einer von euch gleich zu mir gelaufen?" kam eine Stimme aus dem Hintergrund. Bauer Hansen war unbemerkt an die kleine Gruppe herangetreten.

„Dazu sind wir gar nicht mehr gekommen, Onkel Claas", sagte Bille. „Es ging auf einmal alles so schnell. Wir haben gedacht, wenn wir erst mal die Autonummer haben, wird man die Leute schnell finden."

„Ja, und erst mußten wir ja auch mal an den Leuten unbemerkt vorbei!" fiel ihr Karlchen ins Wort. „Bis wir auf gleicher Höhe mit ihnen waren, saßen sie schon wieder im Wagen und starteten."

„Hm, verstehe. Und was ist nun mit dem Pony? Ich meine, wenn es auf meiner Koppel ausgesetzt worden ist, hättet ihr es doch eigentlich dort lassen müssen – und mich erst mal von der Sache verständigen, oder?"

Bille rutschte das Herz bis in die Kniekehlen. Daran hatte sie überhaupt nicht gedacht. Lieber Gott, hätten wir doch bloß gesagt, es sei auf dem Weg ausgesetzt worden – der gehört der Gemeinde! fuhr es ihr durch den Kopf.

„Nun ja, wir ...", Bille wußte nicht weiter.

„Wäre doch vielleicht was für meine Jungs", sagte Claas Hansen zu Wachtmeister Bode.

Karlchen sah, wie Bille die Tränen in die Augen stiegen.

„Es war doch so, Onkel Claas", sagte er und schob sich vor Bille, „wir haben gemerkt, daß das Tier todkrank war, daß es vielleicht schon am Krepieren war, meine ich. Und da haben wir gesagt: Es muß sofort zum Tierarzt, vielleicht kann der es noch retten. Also, wir zu Billes Eltern und bei Dr. Dörfler angerufen. Und als er das Pony dann untersucht und gesagt hat, daß man es sofort streng isolieren muß, weil seine Krankheit so ansteckend ist, daß man damit einen ganzen Viehbestand verseuchen kann, da ..."

„Krank?" Claas Hansen riß die Augen auf. „Das hat mir

gerade noch gefehlt! Bin froh, daß meine Tiere endlich alle wieder gesund sind. Ne, um Himmels willen, dann laßt es bloß, wo es ist!"

Bille kniff Karlchen vor Dankbarkeit in den Rücken. Sie schwor sich, ihm bei nächster Gelegenheit eine riesige Familien-Luxuspackung Eiscreme zu spendieren. Auch von den Peershofern erntete Karlchen bewundernde Blicke. Karlchen sah es und wurde gleich ein Stück größer.

„Du solltest vielleicht die paar Meter Gras auf der Koppel absengen, Onkel Claas, wo das Pony gestanden hat. Wenn es auch nur ein paar Minuten waren. Und das Koppelgatter desinfizieren", sagte er eifrig. „Wenn du willst, können wir das auch übernehmen. Billes Mutter hat schon so eine Desinfektionslösung angesetzt."

„Das wäre vielleicht nicht falsch", meinte Bauer Hansen nachdenklich. „Sicher ist sicher. Aber da kümmere ich mich schon selbst drum. Nett, daß ihr mir helfen wolltet. Na, ich muß wieder an die Arbeit. Wiedersehen zusammen."

Claas Hansen stakste davon, und Bille atmete auf.

„Du bist spitze!" flüsterte sie Karlchen zu. „Das vergeß ich dir nie!"

Wachtmeister Bode schrieb schweigend und verbissen. Er ärgerte sich jetzt schon, daß er das Ganze später noch einmal mit der Schreibmaschine abschreiben mußte. Endlich klappte er sein Notizbuch zu.

„Ja, das wär's denn wohl. Wenn ich euch noch mal brauche, sag ich Bescheid. Also, tschüß dann!"

„Tschüß, Herr Wachtmeister. Ach, Herr Bode", rief Bille dem Polizisten nach, „was geschieht eigentlich, wenn Sie die Leute ausfindig machen, die das Pony ausgesetzt haben?"

„Tja, das weiß ich nun auch nicht so genau. Eine saftige Strafe werden sie wohl zahlen müssen."

„Und das ist alles?"

3 7845-8

„Ich glaube, ja."

„Dann ist es ja gut. Danke!"

„Was findest du daran gut?" fragte Florian kopfschüttelnd.

„Ach, ich hatte einfach Angst, man würde sie zwingen, das Pony zurückzunehmen."

„Nur über meine Leiche!" knurrte Karlchen. „Wenn sie kommen, schick sie zu mir!"

„Karlchen! So kenn ich dich ja gar nicht", sagte Bettina lachend.

„Tja, wenn man Vater wird..." Karlchen blinzelte Bille zu. „Das verändert einen Menschen ungemein!"

„Du bist was?"

„Er ist Vater geworden. Du liebe Zeit!" Bille schlug sich erschrocken vor die Stirn. „Bei all der Aufregung habe ich unser Neugeborenes ganz vergessen! Karlchen, du hast das Kleine doch nicht etwa angefaßt, ohne dich vorher zu desinfizieren?"

„Ich war heute noch gar nicht bei ihm. Kam doch auch gerade erst aus der Schule. Aber du wirst lachen – ich hab sogar gebadet und mich von Kopf bis Fuß frisch angezogen. Und bei deiner Mutter habe ich mir noch mal die Hände in diesem gräßlich stinkenden Zeug gewaschen. Ich rieche jetzt noch nach Krankenhaus!"

„Kann uns nicht mal einer aufklären, wovon ihr redet?" fragte Simon.

„Wir haben gestern ein Kind bekommen, eine Frühgeburt. Von Jacaranda. Ein süßes Hengstfohlen. Karlchen war so gerührt, daß er es gleich adoptiert hat."

„Also noch eine Baby-Besichtigung? Toll, nichts wie hin!" sagte Bettina strahlend. „Ein Fohlen, das Karlchen spontan adoptiert, muß ich sofort sehen!"

Zottel, du bist große Klasse!

Zottel fühlte sich vernachlässigt.

Nicht nur, daß Bille sich ständig um das ausgesetzte Pony kümmerte und er – aus seinem eigenen Stall ausquartiert – in Groß-Willmsdorf auf sie warten mußte. Nein, wenn sie kam, dann arbeitete sie meistens in der Reitbahn. Herr Tiedjen, der den Sommer über von Turnier zu Turnier reiste, nutzte die Zeit, die er jetzt zu Hause verbrachte, für etliche Extra-Stunden. In den kommenden Monaten würde er kaum Zeit für seine Schüler finden, so wollte er ihnen wenigstens jetzt einen Ausgleich dafür bieten.

Im Unterricht ritt Bille abwechselnd Lohengrin, Troja und Iris – drei ganz verschiedene Temperamente, die immer neue Anpassung erforderten. Die zierliche Rappstute Iris, temperamentvoll und immer noch ein wenig schreckhaft, war Bille in letzter Zeit besonders ans Herz gewachsen. Sie entwickelte einen sechsten Sinn für das, was die Stute im nächsten Augenblick tun würde, wann und wovor sie scheuen würde und welche Stimmung gerade bei ihr vorherrschte.

Iris selbst schien zunehmend Freundschaft für ihre junge Reiterin zu empfinden. Bei niemand anderem war sie so fügsam und arbeitswillig wie bei Bille.

Am härtesten waren die Stunden auf Lohengrin. Der schwere und ein wenig träge Fuchswallach mit der enormen Sprungkraft, an das Gewicht eines kräftigen Mannes wie Herrn Tiedjen gewöhnt, nahm Bille einfach nicht ernst. „Du stinkst vor Faulheit!“ schimpfte Bille jedesmal, aber das machte auf Lohengrin begreiflicherweise nicht den geringsten Eindruck. Das einzige, womit man ihm imponieren konnte, war Kraft –

und daran fehlte es Bille vorerst noch.

Mit der schönen Fuchsstute Troja hingegen gab es keine Probleme. Auch sie hatte ein ruhiges Temperament, war leicht zu reiten, stets aufmerksam und freudig und wundervoll harmonisch in ihren Bewegungen. Sie gehörte zu der Sorte Pferde, die auch einen schlechten Reiter zu einem – wenn auch nicht guten – so doch besseren Reiter machen konnten.

Während Bille, Daniel, Simon, Florian und Bettina von Herrn Tiedjen unterrichtet wurden, langweilte sich Zottel in seiner Box oder auf der Koppel. Die Spiele mit dem kleinen Sindbad waren auf die Dauer kein Ersatz für weite Ausritte über die Felder. So stand er sehnsüchtig am Koppelgatter und wartete darauf, daß Bille kommen und ihn holen würde.

Es war Himmelfahrt, ein Tag wie gemalt. Die Sonne schien strahlend von einem mit Wattewölkchen betupften Himmel, ein leichter Wind strich durch die Zweige und über die Wiese, es duftete nach frischgemähtem Gras. Herr Tiedjen arbeitete mit seinen Schülern in der Bahn. Zottel kaute gelangweilt und ärgerlich am Holz des Gatters.

Plötzlich durchrieselte ihn ein seliger Schauer. Musik! Zottel reckte den Hals. Die Musik kam näher. Zottel wieherte sehnsüchtig und trippelte aufgeregt hin und her.

Da kamen sie – eine Gruppe von Männern in bunten Hemden und mit Zylindern auf dem Kopf. Sie schwenkten Girlanden und kleine Fähnchen, musizierten mit Mundharmonikas und Flöten, einer hatte sogar ein Akkordeon. In der Mitte gingen zwei Männer, die einen Handkarren zogen, auf dem ein großes Faß lag. Außerdem hatten sie Rucksäcke mit Eßbarem und etlichen Flaschen Schnaps bei sich. Die Männer schienen sehr fröhlich zu sein, sie lachten und sangen ununterbrochen.

Zottel stampfte und wieherte wie wild, es sah aus, als wolle er mitsingen.

Endlich wurde einer der Männer auf das Pferd aufmerksam. Er schwenkte seine Flasche winkend durch die Luft und johlte laut.

„Ich komm gleich, Kumpel! Sollst doch auch nicht leben wie 'n Hund. Vater sorgt schon für dich."

Breitbeinig kam er zu Zottel herüber und blieb leicht schwankend vor dem rotgesprenkelten Pony stehen.

„Hat deine Mutti dich aber feingemacht!" lallte er und sah Zottel aus glasigen Augen an. „Na komm, nimm 'nen Schluck!"

Zottel schnupperte an der Flasche. Es roch scharf und kitzelte ihn in der Nase. Zottel schnaubte und schüttelte heftig den Kopf.

„Magst du nicht? Nanu?"

Der Mann sah Zottel nachdenklich an. Dann hellte sich seine Miene auf.

„Ich weiß was! Ein kühles kleines Helles. Das schmeckt dir bestimmt! Komm, Junge!"

Zottel konnte sein Glück kaum fassen, als der Mann das Gatter öffnete und ihn herausließ. Geduldig wartete er, bis sein neuer Freund das Gatter wieder geschlossen hatte und ihn, den Arm um seinen Hals gelegt, zu der Gruppe Männer führte, die im Schatten einer Birke rasteten.

„Ein Bier für meinen Freund!" gröhlte der Mann an seinem Hals.

Die Männer brachen in johlendes Gelächter aus. Einer von ihnen nahm seinen Zylinder ab, hielt ihn unter den Hahn des Fasses und ließ ihn randvoll laufen, das Bier tropfte und schäumte.

„Schnell, bring ihn her, sonst suppt dat doch allens durch, Mann!" schrie er und stürzte – den Zylinder in den weit vorgestreckten Händen – auf Zottel zu. „Herzlich willkommen in unseren Reihen. Ich bin der Otto. Und du?"

„Herzlich willkommen in unseren Reihen!“ rief einer der fröhlichen Männer Zottel zu

Zottel tauchte seine Nase tief in den weißlichen Schaum und trank vorsichtig ein paar Schlucke. Dann hob er den Kopf und wieherte vergnügt.

„Willi heißt er, hat er gesagt. Habt ihr gehört? Willi heißt er!“ sagte Otto lachend und schlug sich auf die Schenkel.

„Angenehm, Willi. Ich bin Kuddl“, stellte sich der Mann vor, der Zottel aus der Koppel geholt hatte. „Und das da ist Fritz, und der kleine Dicke da Benno, der mit der Brille Mattes, der junge Spund da drüben Heiko und daneben sein Freund Hannes, und der mit der spitzen Nase ist Fiete. Na, kannst du dir sowieso nicht alles auf einmal merken. Komm, nu nimm erst mal ’n Stück Schinkenbrot – ’ne richtige Unterlage braucht der Mensch.“

„Mann, Kuddl“, sagte der Mann, der als der dicke Benno vorgestellt worden war, „glaubst du, daß dein Freund beleidigt ist, wenn wir ihn bitten, den Wagen zu ziehen? Der ist das doch sicher gewohnt.“

„Wir können ihn ja mal fragen. He, Willi – hättest du was dagegen, unseren Wagen zu ziehen? Du siehst so schön stark aus!“

Zottel malmte genüßlich auf seinem Schinkenbrot herum, den Blick verträumt nach innen gerichtet.

„Siehste – er hat nichts dagegen.“

„Aber wie?“ Kuddl schob den Zylinder ins Genick und zupfte nachdenklich an seinem Ohrläppchen, das von einem feinen goldenen Ring geziert wurde.

„Wie – was?“ fragte Otto.

„Na, wie soll er ihn ziehen? Wir haben doch kein Geschirr?“

„Ach nee – tatsächlich. Komisch, is mir gar nicht aufgefallen.“

Eine Weile schwiegen die Männer nachdenklich. Benno nahm einen tiefen Schluck aus seiner Flasche, rülpste zufrieden und lachte.

„Was denn – Schwierigkeiten? Bei uns gibt's keine Schwierigkeiten. Los, Leute – alle Mann die Hosen runter! Hosenträger und Gürtel sind sofort bei Willi abzuliefern! Wir haben kein Geschirr? Dann machen wir uns eben eins!"

„Und womit sollen wir die Hosen halten?" fragte Heiko.

„Wir haben doch noch die Wäscheleine – mit der wir das Faß festgezurrt haben. Da is' noch meterweise übrig. Kuddl – gib an die Männer Stricke aus – jedem sein Stück Wäscheleine!"

Unter Johlen und Gelächter entledigte sich die Gesellschaft ihrer Gürtel und Hosenträger. Während Kuddl mit seinem Brotmesser jedem ein Stück Leine zumaß, knüpften Heiko und Hannes unter Bennos Aufsicht ein Notgeschirr, wie sie es nannten. Das dauerte ziemlich lange, denn keiner von ihnen hatte eine Ahnung, wie so ein Geschirr nun eigentlich aussehen müßte, und oft konnten sie vor Lachen nicht weiterarbeiten.

„Viel-viel-vielleicht können wir den Wagen einfach an seinem Schwanz anbinden", gickerte Hannes.

„Willst du meinen Freund beleidigen?" fragte Kuddl empört. „Kommt nicht in Frage! Der zieht mit seinem Bizeps, wie jeder anständige Mensch."

„Hat er denn welchen?"

Schließlich war es ihnen gelungen, Zottel die Hosenträger so um Bauch und Brust zu winden, daß sie rechts und links die aneinandergeknüpften Gürtel als Zugseile anbringen konnten. Was nun in der Länge noch fehlte, wurde durch ein Stück Bindfaden ersetzt, den einer von ihnen aus seiner Hosentasche zog.

„Man muß sich nur zu helfen wissen, Willi, hab ich nicht recht, Junge?" Kuddl klopfte Zottel zufrieden den Hals und hielt ihm zur Stärkung die Flasche hin. „Ach so, du hast ja was gegen scharfe Sachen. Wo bleibt das Bier für Willi?" brüllte er.

„Sofort, Chef!"

Heiko rannte nach hinten und ließ den Zylinder noch einmal vollaufen.

„Hier, mein Junge!“

„Ob er Kuchen will? Meine Alte hat mir wieder einen gebacken, wo sie doch ganz genau weiß, daß ich das Zeug nich abkann“, lallte Mattes und kramte in seinem Rucksack. Da er Schwierigkeiten zu haben schien, half Zottel nach und zog mit sicherem Instinkt den in ein Tuch gewickelten Kuchen heraus. Er ließ das Bündel vor sich auf den Boden fallen. Anschließend schob er es mit der Nase auseinander und begann, den Kuchen zu vertilgen.

„Ihm schmeckt er“, sagte Mattes glücklich. „Möchte einer von euch noch was davon?“

Aber die Frage erübrigte sich, das letzte Stück Kuchen verschwand gerade in Zottels Maul.

„Na, was is' nu? Können wir?“ rief Fiete ungeduldig.

„Klar. Weiter geht's, Männer – auf laßt uns brechen ...“ Fritz schulterte das Akkordeon und intonierte einen flotten Marsch. Die anderen sangen selbsterfundene Texte dazu, jeder einen anderen. Zottel fühlte sich selig in seine Zirkus-Vergangenheit zurückversetzt.

Kuddl führte Zottel am Halfter, Otto paßte auf, daß auf abschüssigen Strecken der Wagen nicht davonrollte und ihm von hinten in die Beine fuhr.

„Willi, mein Junge“, gröhlte er, „brauchst keine Angst zu haben. Otto sorgt für dich wie eine Mutter!“

Der Marsch ging an Wedenbruck vorbei Richtung Neukirchen. Nach einer Stunde hatten sie ihr Ziel erreicht, eine abseits der Straße gelegene kleine Waldgaststätte mit einem Schießstand und einer Kegelbahn. Hier hatten die Männer einen großen Tisch reservieren lassen. Die Festtafel – im Schatten einer Kastanie – war bereits gedeckt, und aus der Küche duftete es verheißungsvoll.

„Herr Wirt! Noch ein Gedeck für unseren Freund Willi!“ brüllte Kuddl.

Zottel wurde abgespannt und der kleine Wagen mit dem Bierfaß im Schatten geparkt. Kuddl nahm am oberen Ende der Tafel Platz, das Gedeck zu seiner Linken wurde für Zottel bestimmt. Die Wirtsleute verfolgten kopfschüttelnd, wie Otto von einem der Nebentische die rotkarierte Tischdecke holte und sie Zottel als Serviette um den Hals band.

„Schweinebraten für alle!“ posaunte Kuddl. „Und für unseren Freund eine große Schüssel Salat und gelbe Rüben, er ist Vegetarier. Ohne Öl und Essig bitte, das hat ihm der Arzt verboten. Prost, Willi! Laß es dir schmecken, mein Junge! Zum Nachtisch gibt's noch was Süßes.“

Zottel belohnte Kuddl mit einem feuchtwarmen Kuß mitten ins Gesicht. Die Gäste des Lokals steckten die Köpfe zusammen und tuschelten, einem Mann fiel vor Staunen die Gabel aus dem Mund und verschwand mit einem dumpfen „Pflop“ in seinem Bierglas. Das Essen wurde aufgetragen, und Zottel bekam seine Schüssel Salat. Kinder näherten sich ihm vorsichtig und legten Zuckerstücke neben seinen Teller. Zottel fühlte sich großartig, wenn ihn das Bier auch ein wenig schläfrig machte.

Aber das ging nicht nur ihm so. Nach dem Essen trollte sich einer seiner Freunde nach dem anderen davon und ließ sich irgendwo ins Gras sinken, um alsbald in lautes Schnarchen zu verfallen. Was lag näher für Zottel, als sich danebenzulegen und ebenfalls ein Nickerchen zu tun.

Als die Sonne tiefer sank, erwachte die kleine Gesellschaft zu neuen Taten. Die Kellnerin trug große Kannen Kaffee auf, und eine Runde Schnaps nach der anderen erschien auf dem Tisch. So gestärkt begab man sich auf die Kegelbahn. Unter brüllendem Gelächter der anderen versuchte jeder mit mehr oder weniger Glück, „alle neune“ zu treffen. Nur Fiete, der sich vom vielen Schnaps kaum noch auf den Beinen halten konnte und fast waagerecht in der Luft hing, gelang es, die neun Kegel mit einem Wurf abzuräumen.

„Alle achtzehn!" lallte er glücklich. „Jungs, ich geb einen aus. Alle achtzehn! Das hab ich noch nie geschafft! Und das, wo sie doch immer hin und her gelaufen sind, die Kegel. Bedienung!"

Jetzt war Mattes an der Reihe. Sein Zustand blieb kaum hinter dem Fietes zurück. Er zielte – stutzte – zielte wieder. Dann richtete er sich auf, so gut es ging, wischte die Nebelschwaden vor seinem Gesicht beiseite und torkelte auf die Kellnerin zu.

„Frollein – was 'sn dat für 'n komische Kegelbahn? Die macht ja Schlangenlinien. Und die Kegel gehen immer im Kreis?"

„Los, mach schon, Mattes!" drängten die anderen.

Mattes holte aus wie ein Hammerwerfer, indem er sich ein paarmal um sich selbst drehte. Dann schnellte die Kugel aus seiner Hand, allerdings nicht in die geplante Richtung, sondern in die Mitte der Schießbude, wo sie die Scheibe in der Mitte durchriß. Mattes schaute verdutzt hinterher, dann machte er einen Luftsprung.

„Zwölfe! Gewonnen! Habt ihr das gesehen? Mitten ins Schwarze!"

Die Kellnerin setzte eilig das Tablett mit den Schnapsgläsern ab und ergriff die Flucht.

„Und jetzt Willi!" schrie Kuddl. „Willi, du bist dran!"

Er nahm Zottel beim Halfter und führte ihn an die Kegelbahn heran. Unter dem wiehernden Gelächter der übrigen legte er Zottel die schwere Holzkugel vor den rechten Vorderhuf und zeigte auf die Kegel.

„Die mußt du treffen, alle zusammen. So – und nu tritt!" Dabei verpaßte er Zottel einen aufmunternden Klaps aufs Hinterteil.

Zottel, der – vom Bier müde – ein wenig gedöst hatte, machte einen Satz nach vorn und galoppierte die Kegelbahn hinunter. Da sie spiegelglatt war, schlitterte er das letzte Stück, und die Kegel spritzten nach allen Seiten auseinander.

„Bravo, Willi! Alle neune! Willi gibt 'ne Runde aus!" jubelten seine neuen Freunde.

„Ja, sind Sie denn von allen guten Geistern verlassen!" brüllte der Wirt und kam wild mit den Armen fuchtelnd von der Theke herüber. „Ein Pferd auf der Kegelbahn! Den Schaden werden Sie mir bezahlen! Ich zeige Sie an!"

Kuddl zog Zottel zur Seite und flüsterte ihm ins Ohr: „Haltung, mein Junge. Immer schön das Gesicht wahren!"

Dann zog er vor dem Wirt seinen Zylinder bis zum Boden, machte eine unsichere Verbeugung und richtete sich wieder kerzengerade auf.

„Mein Herr", sagte er, „ich stehe zu Ihrer Verfügung. Schicken Sie mir Ihre Sekundanten. Inzwischen entschuldigen Sie meinen Freund und mich, wir müssen mal zur Toilette."

Schwer auf Zottel gestützt, mit schwankenden Schritten, aber so aufrecht wie möglich, schritt er auf die Tür mit der Aufschrift „Herren" zu. Der Wirt und die übrige Gesellschaft sahen ihm fassungslos nach.

Kuddl verschwand mit Zottel in der Herrentoilette. Aber nicht lange. Gleich darauf ertönte ein gellender Hilfeschrei, begleitet von fürchterlichen Flüchen mehrerer Männer. Dann erschien Kuddl, gefolgt von einigen auch nicht mehr ganz nüchternen Herren und Zottel wieder auf der Bildfläche. Die Männer drohten Kuddl und dem Pony mit Fäusten. Sie glaubten offensichtlich, Kuddl habe sich mit ihnen einen bösen Scherz erlauben wollen.

„Jungs, jetzt geht's rund!" brüllte Otto. „Das können wir nicht auf uns sitzenlassen!" Er warf seinen Zylinder in die Luft, krempelte die Ärmel hoch und stürzte sich auf den Gegner. Die anderen folgten seinem Beispiel.

Lange wogte der Kampf unentschieden hin und her. Der Gegner war in der Minderzahl, dafür fielen bei Kuddls Truppe Fiete und Mattes als vollwertige Kämpfer aus. Zottel stand inmitten der fliegenden Fäuste, wich mal hierhin, mal dorthin aus und wußte nicht wie ihm geschah.

„Willi, du Flasche, gibt's ihnen!" schrie Kuddl. „Keine Müdigkeit vorschützen! Schlag sie, wo du sie triffst!"

Irgendwie mußte Zottel diese Aufforderung mißverstanden haben. Jedenfalls entschied er die Auseinandersetzung, indem er – um sich endlich Luft zu verschaffen – kräftig auskeilte. Seine Hufe trafen gezielt und gut: das Tablett der Kellnerin, die ahnungslos aus der Küche kam, um der Familie am Ecktisch sechs Portionen Gulasch mit Salat zu servieren. Der Regen aus heißer Gulaschsoße und säuerlich-feuchten Salatblättern besänftigte die erregten Gemüter augenblicklich. Jetzt war jeder nur noch mit sich selbst beschäftigt. Und nachdem man sich notdürftig gereinigt hatte und auch das letzte Gulaschstück oder Salatblatt aus aufgeweichten Hemden entfernt war, fiel man sich versöhnt in die Arme und beschloß, den Frieden bis zur Stunde der nahenden Heimkehr kräftig zu begießen.

Als Bille und Karlchen die Pferde von den Koppeln holen wollten, war von Zottel keine Spur zu sehen. Aber ehe Bille Zeit hatte, sich über das Verschwinden ihres Lieblings aufzuregen, zog etwas anderes ihre Aufmerksamkeit auf sich.

Von Ferne näherte sich gröhlender Gesang.

„So ein Tag – so wu-underschön wie hoooiiite – so ein Tag, der sollte niiiiiee vergehn . . ."

„Volle Deckung!" zischte Karlchen und zog Bille hinter einen Baum.

„Mann, wird meine Alte wieder ein Theater machen", lallte

Fiete. „Was werd ich wieder alles zu hören kriegen!"

„Glaubst du, ich nich? Am liebsten würde ich gar nicht mehr nach Hause gehen", jammerte Benno. „Und dabei bin ich so müde . . ."

„Uns geht's – hick – allen nicht besser – hick – nicht wahr, Willi? Ich bin ge – hick – spannt, was deine Alte sagen wird, wenn sie dich sieht."

„Das hilft nun alles nichts", philosophierte Otto. „Das ist nun mal so. Tragt es wie Männer!"

Die kleine Gesellschaft hatte Zottels Koppelgatter erreicht.

„Na sieh mal, da is' ja schon deine – hick – deine Haustür! Willi! Mach's gut, Junge – du warst ganz – hick – du warst ganz große Klasse. Leb wohl!" Kuddls Stimme wurde weinerlich.

„Willi, mein Junge, trag es mit Fassung – was immer auch kommt, deine Freunde halten dir die Treue. Leb wohl!" sagte Otto feierlich.

„Tja, was soll man da viele Worte machen – so ist das nun", brabbelte Heiko und verabschiedete sich mit einer Verbeugung von Zottel.

„Meine Hosenträger – du hast meine Hosenträger noch an", murmelte Fritz. „Na, macht nichts, behalt sie als Andenken. Und das Bierfaß darfst du auch behalten. Bring's deinem Frauchen mit – meine kriegt sowieso Blumen."

Einer nach dem anderen umarmte Zottel heftig, dann hakten sie sich ein und zogen singend davon. Nur Kuddl blieb noch neben Zottel stehen – schwankend wie eine Fernsehantenne im Sturm – und suchte unter Tränen nach einem letzten Abschiedswort.

„Junge, wenn du wüßtest – wenn du wüßtest . . .", das war alles, was er herausbrachte.

Bille hielt es nicht länger aus. Sie stürzte aus ihrem Versteck auf ihren mit Fähnchen, Girlanden, Hosenträgern und Resten von Gulasch verunstalteten Liebling zu.

„Zottel!" schrie sie. „Zottel, was hast du gemacht?"

„Siehste, das geht schon los", kicherte Kuddl. „Aber so sind sie alle. Na, ich verdrück mich lieber. Hihi – Zottel! So ein Schlingel – sagt doch glatt 'n falschen Namen – hihi – nichts für ungut, gnädige Frau, wünsche noch einen schönen Abend!" Kuddl ging rückwärts, bis er sich sicher glaubte.

„Der ist ja besoffen", sagte Karlchen kichernd.

„Die sind alle voll wie die Haubitzen", schimpfte Bille hinter den Männern her.

„Ich meinte mehr dein Schätzchen hier. Wie der riecht . . ."

Karlchen konnte nicht wissen, daß Zottel von seinen Freunden, da er nicht mittrinken wollte, mit einer Flasche Schnaps begossen worden war.

„Unverantwortlich!" fauchte Bille und versuchte, Zottel von den Hosenträgern zu befreien. „Das ist das letzte Mal, daß ich dich am Vatertag rauslasse."

„Hähä", machte Karlchen. „Jetzt redest du genau wie meine Mutter. Mach dir nichts draus, Dicker. Hauptsache, du hattest einen schönen Tag."

Herr Tiedjen hat Pech

„Was für ein Affentheater!"

Florian hüpfte wie ein Gummiball auf dem Sessel auf und nieder.

Bille und Simon knieten vor dem Fernsehapparat wie Schlangenbeschwörer, denen die Schlange entlaufen ist.

„Vier Fehler!" brüllten sie im gleichen Atemzug und sanken erleichtert zurück.

„Nein, acht!" übertönte sie Daniel. „Da – an der Mauer!"

„Uff!“ Bettina rieb sich den Magen. „Ich hab schon Bauchweh vor lauter Aufregung. „Ein Reiter noch ...“

Die Kamera begleitete die englische Reiterin, die mit ihrem Pferd den Parcours verließ. Die Schranke öffnete sich, und der letzte Reiter ritt ein.

„Leutnant Alfonso Ignazio, Italien“, verkündete eine Lautsprecherstimme.

„Und hier, meine Damen und Herren, kommt Italiens große Nachwuchshoffnung, auf dem achtjährigen Wallach Agostino, ein Pferd, das seinerseits zu den größten Hoffnungen berechtigt ...“

„Stell doch den Quatschkopf ab, man kann sich ja gar nicht konzentrieren“, knurrte Florian und boxte mit den Fäusten auf seinen Sessel ein.

Leutnant Ignazio grüßte zur Richtertribüne hinauf und ritt an den Start. Das Glockenzeichen ertönte, der Sekundenzeiger lief.

Agostino legte ein kräftiges Tempo vor.

„Wenn er ihn nicht zurücknimmt, kommt er nicht ohne Fehler durch“, sagte Bille hoffnungsvoll.

Ignazio setzte offensichtlich alles auf eine Karte. Er ritt wie der Teufel. Agostino flog nur so über die Hindernisse.

„Bitte, bitte, Agostino, mach doch einen kleinen Fehler. Nur acht kleine Fehlerpunkte!“ flehte Bettina.

Noch vier Hindernisse hatte Ignazio vor sich. Da passierte es: Mit dem rechten Hinterbein berührte Agostino den Doppeloxer. Die Stange fiel zu Boden.

„Danke, Agostino!“ stöhnte Bettina. „Mach weiter so!“

Agostino stürmte auf den Wassergraben zu. Leutnant Ignazio versuchte, ihn zurückzunehmen, aber – zu spät. Agostino war wenige Meter vor dem Wassergraben aus dem Tritt gekommen und zu früh abgesprungen. Das Wasser spritzte hoch, als er mit der Hinterhand hineinsetzte.

„Leutnant Ignazio auf Agostino, acht Fehler."

„Es gibt noch ein Stechen", überschrie Florian den Ansager. „Ein zweites Stechen! Diesmal muß es klappen!"

Die Kamera schwenkte über den Parcours, auf dem jetzt im Laufschritt Helfer nach allen Seiten strömten, Hindernisse erhöhten, aufgerissene Stellen im Rasen festtraten und die Halterungen der Stangen überprüften. Dann griff sie Gesichter im Publikum heraus, einen Minister, eine bekannte Schauspielerin, einen Mann, der ein geknotetes Taschentuch als Sonnenschutz auf dem Kopf trug, ein kleines Mädchen im rosa Spitzenkleid, das hingebungsvoll in der Nase bohrte.

„Umgekehrt wäre es viel lustiger", meinte Florian.

„Wie umgekehrt?"

„Wenn der Minister das Taschentuch auf dem Kopf hätte und die Schauspielerin in der Nase popelte."

Bille und Bettina lachten gehorsam. Aber ihren Gesichtern war anzusehen, daß nichts in der Welt sie jetzt aus ihrer fieberhaften Spannung lösen konnte.

Durch die Fensterscheiben des Peershofer Gutshauses blitzte die Sonne, die Pferde tummelten sich auf den Koppeln, die Hitze lockte zu einem ersten Bad im Meer – aber da saßen sie. Wie angenagelt starrten sie in den Kasten, Fingernägel bohrten sich in Handflächen, Magennerven flatterten, auf den Stirnen bildeten sich kleine Schweißtropfen.

Herr Tiedjen kam als dritter der vier Reiter, die ins zweite Stechen gekommen waren. Nathan tänzelte in die Bahn, er schlug mit dem Kopf.

„Er haßt Fliegen und Mücken", erklärte Bille. „So ruhig er sonst ist – das Geschwirr um seinen Kopf macht ihn verrückt."

„Hoffentlich vergißt er es beim Springen", sagte Bettina besorgt.

„Ich glaube schon. Er weiß, worum es geht. Im entscheidenden Moment ist er voll da."

Herr Tiedjen galoppierte auf dem Zirkel, dann erklang das Startzeichen. Konzentriert ging Nathan an das erste Hindernis heran, nahm genau Maß und setzte mit einem gewaltigen Sprung hinüber.

„Bravo, Dicker!“ sagte Bille stolz. „Er gibt sich Mühe. Er will nicht noch einmal einen Fehler machen, das weiß ich.“

Bille schien recht zu haben. Nathan sprang besser als in den vorigen beiden Durchgängen. Unbegreiflich, daß er nach null Fehlern im ersten Durchgang beim ersten Stechen den Doppeloxer und gleich darauf die Mauer gerissen hatte. Er war doch in so guter Form!

„Es muß an Herrn Tiedjen liegen“, dachte Bille laut.

„Was sagst du?“

„Herr Tiedjen – er ist nicht so wie sonst. Er kommt mir so blaß vor – und so angestrengt.“

„Ach, das liegt sicher nur am Fernseher“, beruhigte Daniel sie. „Auf die Entfernung kannst du das doch gar nicht erkennen!“

„Doch, glaub mir, ich kenne ihn inzwischen so gut ...“

Jetzt kam das Birkenrick mit Graben. Nathan übersprang es tadellos. Nun die doppelte Kombination mit acht Meter Zwischenraum. Auch diesmal ohne Fehler. Nur noch wenige Meter trennten ihn vom letzten Sprung. Bille und ihre Freunde hielten den Atem an. Ein großer Oxer mit dazwischengestellter Mauer. Er ist zu nah herangeritten! fuhr es Bille durch den Kopf. Aber dann hat Nathan das Hindernis schon übersprungen.

„Geschafft!“

Bille, Simon und Bettina schrien vor Freude, Daniel und Florian fielen sich in die Arme.

Die ersten beiden Reiter hatten jeder vier Punkte. Der nächste Ritt mußte die Entscheidung bringen. Wenn der temperamentvolle Agostino nur ein Hindernis riß, hieß der Sieger im Großen Preis von Nizza Hans Tiedjen!

Agostino schien durch die zweimalige Anstrengung etwas ermüdet zu sein. Das bewirkte, daß er ruhiger sprang, die Hindernisse besonnener anging. Vielleicht hatte er sich auch einfach an die Umgebung gewöhnt und seine Nervosität verloren. Ruhig und kraftvoll übersprang er ein Hindernis nach dem anderen. Billes Fäuste waren schneeweiß, so preßte sie die Finger in die Handflächen. Vor Aufregung vergaß sie zu atmen.

„Null Fehler! Das darf nicht wahr sein!" jaulte die Mannschaft auf, als Leutnant Ignazio seinen Ritt beendet hatte

Bille wurde es flau im Magen. Ein drittes Stechen! Sie wußte, wie Herr Tiedjen eine solche Strapaze für seine Pferde haßte – noch dazu in dieser brütenden Hitze! Zum Glück ritt er Nathan, nicht Feodora. Der kräftige Wallach war solchen Anstrengungen eher gewachsen. Und Herr Tiedjen selbst?

„Ich halte die Spannung nicht aus, ich glaube, ich platze gleich!" stöhnte Bettina.

„Dann ist es ja gut, daß ich euch was zur Erfrischung bringe", kam eine Stimme aus dem Hintergrund.

Fräulein Fuchs, die Haushälterin, stand mit einem großen Tablett in der Tür.

„Eure Eltern warten seit einer halben Stunde vergeblich darauf, daß ihr zum Tee kommt. Aber Herr Henrich meinte, das müßte man verstehen. Ihr solltet man ruhig euren Tee hier trinken."

„Füchschen, Sie sind ein Engel!" Simon sprang auf, um der Haushälterin Platz zu machen. „Hm, frische Kirschwaffeln! Das wird uns wieder auf die Beine bringen."

Gemeinsam halfen sie der Haushälterin, Tassen und Teller auf dem kleinen Tisch zu verteilen. Bille schenkte den Tee ein, Daniel verteilte Zuckerstückchen und Milch, Bettina legte jedem zwei Kirschwaffeln auf den Teller.

„Ich glaube, ich kann vor Aufregung keinen Bissen hinunterbringen", jammerte sie, strafte sich selbst aber sofort Lügen und biß kräftig in das saftige Gebäck.

„Kann ich gar nicht verstehen", murmelte Florian mampfend. „Je aufgeregter ich bin, desto mehr esse ich."

„Dann scheint Aufregung dein Normalzustand zu sein – nach deinem Appetit zu urteilen", meinte Fräulein Fuchs. „Na, viel Spaß noch und viel Glück für euern Herrn Tiedjen. Oder wie sagt man da – ‚Gut Huf'? Oder ‚Gut Hüpf'?"

„Pschschscht!" kam es von fünf Seiten gleichzeitig.

Der Fernsehsprecher kündigte das dritte Stechen an. Die Strecke war wiederum verkürzt, die Hindernisse erhöht worden. Und da kam auch schon Herr Tiedjen in den Parcours geritten. Wie erschöpft er aussieht! dachte Bille erschrocken. Das Startzeichen erklang. Nathan galoppierte unverdrossen auf das erste Hindernis zu und überflog es, als hätte er heute noch nichts geleistet.

„Er hat eine phantastische Sprungkraft!" jubelte Daniel auf. „Er wirkt ganz frisch. Er muß es schaffen, er muß einfach!"

Schon hatten sie das zweite Hindernis hinter sich gelassen. Nathan hatte ganz leicht mit dem rechten Hinterhuf die Stange berührt, es war kaum zu hören gewesen. Die Stange vibrierte ein wenig, das Publikum stöhnte auf – aber sie blieb in ihrer Halterung liegen.

Jetzt kam eine scharfe Wende. Bille sah, wie Herr Tiedjen das Gesicht verzog und für einen Augenblick sich im Sattel abstützte. Nathan schien verdutzt, aber gleich darauf hatte er sich wieder gefangen und stürmte auf die Mauer zu. Bille sprang auf. Herr Tiedjen schien sich nur noch mit Mühe im Sattel zu halten. Alles was er tat, war, sein Pferd so wenig wie möglich zu behindern. Und Nathan schaffte das Wunder – auch die nächsten drei Hindernisse überwand er ohne Fehler.

„Braver Junge", lobte Bille. Aber in ihrer Kehle saß ein würgender Kloß. Was war mit Herrn Tiedjen los?

Nathan schaffte das Wunder,
ohne Fehler überwand er drei Hindernisse!

Da – am letzten Hindernis passierte es. Wenige Meter vor dem Absprung glitt Herr Tiedjen aus dem Sattel und stürzte. Nathan galoppierte an dem Barrierensprung vorbei und kehrte im Schritt zu seinem ohnmächtig am Boden liegenden Herrn zurück.

„Nein!“ schrie Bille und stürzte vor.

Auch die anderen waren aufgesprungen. Klirrend fiel Florians Tasse vom Tisch. Im Publikum hörte man Stöhnen und Gemurmel. Dem Fernsehsprecher schien es die Sprache verschlagen zu haben. Niemand wollte begreifen, was da soeben passiert war.

Quer über den Rasen rannten zwei Sanitäter mit einer Trage. Herr Tiedjen schien immer noch bewußtlos zu sein. Ein Helfer führte Nathan am Zügel aus dem Parcours. Leutnant Ignazio ging an den Start. Bille liefen die Tränen über das Gesicht.

„Stellt ab – ich kann das nicht mehr sehen!"

„Das wäre unklug." Simon legte Bille den Arm um die Schultern. „So erfahren wir am schnellsten, was mit ihm los ist."

„Du hast recht, entschuldige. Ich bin so durcheinander."

„Wer hat denn hier eben so fürchterlich geschrien?"

Frau Henrich, gefolgt von ihrem Mann, kam ins Zimmer und sah mit unverhohlenem Mißfallen auf die beiden Mädchen.

„Man konnte ja glauben, das Haus wäre eingestürzt!"

„Wir haben alle geschrien", sagte Florian gleichmütig und sammelte die Scherben seiner Tasse vom Teppich. „Herr Tiedjen ist schwer gestürzt. Vor dem letzten Hindernis im dritten Stechen – gerade als er dabei war, zu siegen."

„Pssst!" machte Daniel. „Hört doch mal!"

Leutnant Ignazio hatte einen Null-Fehler-Ritt geschafft. Er war der Sieger des Tages. Der Fernsehsprecher gab einen kurzen Überblick über die Plazierungen der Reiter und versprach, genauere Informationen über den Sturz von Herrn Tiedjen einzuholen. Auf dem Parcours bereitete man die Siegerehrung vor. Nach einer Weile meldete sich der Sprecher wieder.

„Wie ich soeben erfahren habe, meine Damen und Herren, hatte Hans Tiedjen bereits vor Beginn des dritten Stechens starke Schmerzen. Man spricht von einem Muskelriß und einer schweren Wirbelverletzung. Welche Auswirkungen das auf die weitere Laufbahn unseres Hans Tiedjen haben wird, vermag noch keiner zu sagen. Im besten Falle wird er einige Wochen – vielleicht auch Monate – pausieren müssen. Wir jedenfalls wünschen ihm von Herzen viel Glück und gute Besserung."

Bille saß still und starr in ihrem Sessel und starrte auf den flimmernden Bildschirm, auf die bunten Punkte der Publikumsgesichter, auf die Kapelle, die jetzt einmarschierte und einen fröhlichen Marsch intonierte – und auf Nathan, der von einem Reiterfreund und Landsmann seines Herrn hereingeführt wurde, um sich für seinen zweiten Platz ehren zu lassen.

„Was – was machen wir jetzt bloß?" fragte sie kleinlaut.

Die anderen sahen sich bedrückt an.

„Nun – erst mal vielleicht ein Telegramm schicken. Und Blumen", schlug Daniel zögernd vor. „Und dann müssen wir rauskriegen, ob er dort im Krankenhaus bleibt – oder hierherkommt. Vielleicht in eins in der Nähe."

„Ich werde das für euch in die Hand nehmen", sagte Herr Henrich. „Ich rufe in Nizza an und erkundige mich, in welchem Krankenhaus er liegt. Denkt ihr euch inzwischen den Text für euer Telegramm aus."

„Ich möchte nach Hause", sagte Bille leise. „Das heißt – ich möchte nach Groß-Willmsdorf hinüber. Mich um seine Pferde kümmern – das ist doch das einzige, was ich für ihn tun kann."

Pläne für Herrn Tiedjens Heimkehr

Zwei Tage später kehrte Nathan heim. Klaus Krüger begleitete ihn, ein junger Turnierreiter aus dem Reitverein Neukirchen, der die Kosten für das Turnierreiten dadurch bestritt, daß er Herrn Tiedjens Pferde auf der Reise mitbetreute. Er selbst ritt den Grauschimmel Polarstern, der dem Reitverein gehörte. Polarstern war, wie sein Herr, ein Neuling auf den internationalen Parcours, aber er sprang gern, und es war zu erwarten, daß er noch eine große Karriere vor sich hatte. Schließlich war er erst sechs Jahre alt.

Auch für Klaus Krüger war Hans Tiedjen das große Vorbild, obgleich er nie das Glück gehabt hatte, von ihm unterrichtet zu werden – wie Bille und ihre Freunde. Aber er besaß genau das Einfühlungsvermögen, das Herr Tiedjen bei einem Reiter als wichtigste Voraussetzung betrachtete. Das Wohlbefinden seines Pferdes war ihm wichtiger als alle Siege, und er besaß eine große Portion Geduld.

Bille hatte Klaus Krüger bisher nur flüchtig kennengelernt, wenn er mit Herrn Tiedjen gemeinsam auf die Reise ging. Jetzt bestürmte sie ihn mit Fragen.

„Wie geht es ihm?" keuchte sie, kaum daß er die Autotür geöffnet hatte.

„Langsam, langsam", sagte Klaus Krüger lachend, „laß mich doch erst mal aussteigen!"

Sein sympathisches Gesicht mit dem strubbeligen Blondschopf darüber war braungebrannt, die braunen Augen standen in eigenartigem Gegensatz zu den hellen Haaren. Seine breiten Schultern und riesigen Hände ließen ihn größer erscheinen als er in Wirklichkeit war. Er erinnerte Bille an einen lachenden Bernhardiner.

„Also – es geht ihm den Umständen entsprechend gut."

Klaus Krüger machte eine Pause und strich sich die Haare aus der Stirn, eine völlig überflüssige Geste, da sie sofort wieder nach vorn kippten.

„Und – wie sind die Umstände?"

„Nun ja, also – kurz und knapp gesagt: Er wird wieder reiten. Aber diesen Sommer nicht mehr."

„Den ganzen Sommer nicht mehr?"

„Nein, solange wird es schon dauern."

„Und wie fühlt er sich? Ich meine, ist er sehr verzweifelt?"

„Du kennst doch Tiedjen. Der läßt sich nicht lange von Stimmungen beeinflussen. Und schon gar nicht von traurigen!"

Ich weiß nicht ... Ich kenne ihn da besser, wollte Bille sagen, verschwieg es aber.

„Tja, ich hab ihn gestern morgen noch besucht. Soll euch herzliche Grüße sagen und schönen Dank für das Telegramm. Ja, und dann hat er mir noch was aufgetragen, extra für dich."

„Für mich allein?" Billes Herz schlug schneller.

„Ja. Du sollst dir keine Sorgen machen, hat er gesagt. Und du sollst an das Gespräch voriges Jahr im Pferdestall denken. Er wird jetzt vieles anders machen. Besser. Und er hätte jetzt Zeit, in Ruhe über alles nachzudenken. Und daß er sich darauf freut, nach Hause zu kommen."

„Das hat er gesagt?"

„Ja. Würde ich es dir sonst ausrichten?"

„Er soll sich nicht umsonst gefreut haben! Wir werden ihm einen Empfang bereiten – wie – wie – na, da fällt mir noch was ein. Wann kommt er denn?"

„In drei Wochen etwa. Dann wird er zunächst in einem Stützkorsett und an Krücken gehen und muß zwischendurch viel liegen."

„In drei Wochen schon? Das ist gut." Bille atmete auf. „Ich fürchtete schon, es würde viel länger dauern."

Petersen und Hubert waren dabei, den Transporter zu öffnen und Nathan auszuladen. Nathan kam gemächlich aus dem Dunkel des Wagens und schaute sich um. Dann warf er den Kopf hoch und wieherte. Er hatte einen Ausdruck, als wolle er sagen: Wo bleibt der rote Teppich? Und an Musik hättet ihr auch denken können!

Bille lief auf ihn zu, klopfte ihm den Hals und bot ihm ein paar Stück Zucker an.

„Toll hast du das gemacht, mein Dicker, wir sind alle sehr stolz auf deinen zweiten Platz! Herzlich willkommen daheim!"

Sie nahm Petersen den Zügel ab und führte den Wallach in den Stall zu seiner Kameradin Feodora, mit der er sonst gemeinsam auf Turnierreise ging und die wegen einer Verletzung diesmal daheimbleiben mußte. Feodora hob schnuppernd den Kopf an die Gitterstäbe der Trennwand zwischen ihren Boxen, und Nathan ging sofort zu ihr und blies ihr zärtlich in die Nase.

„Jetzt muß er ihr erst mal alles erzählen", meinte Bille, „stören wir die beiden nicht."

„Kommst du nächsten Monat zu unserem Turnier?" fragte Klaus Krüger, als Bille aus dem Stall kam.

Bille riß die Augen auf.

„Als Reiter?"

„Was sonst? Als Zuschauer doch wohl nicht."

„Aber ich war noch nie bei einem Springwettbewerb!"

„Dann wird es ja Zeit. Du sollst sehr gut springen, habe ich gehört."

„Na, wenn man jeden Tag reitet – und manchmal mehrere Stunden – da bleibt schon was hängen. Die Mädchen in eurem Reitverein, die nur ein- oder zweimal in der Woche zum Reiten kommen, haben es da natürlich schwerer."

„Wie man's nimmt. Sie wären andrerseits wohl kaum zu den Opfern bereit, die du bringst. Also, was ist – kommst du?"

„Ich habe doch gar kein Pferd – mein Pony springt nicht."

„Na, darüber wird Herr Tiedjen schon mit sich reden lassen. Also, bis dann! Okay?"

„Okay."

Bille starrte Klaus Krüger nach, der mit Vollgas, in eine große Staubwolke gehüllt, durch die Auffahrtsallee davonbrauste.

War das sein Ernst gewesen? Sie sollte wirklich auf dem Turnier in Neukirchen starten? Bis jetzt hatte sie an eine solche Möglichkeit nie gedacht. Herr Tiedjen legte größten Wert auf eine solide Ausbildung und hielt nichts von Leuten, die sich blindwütig in die ersten Wettbewerbe stürzten, kaum daß sie sicher im Sattel saßen. Würde er es ihr überhaupt erlauben? Nun, eines stand fest: Wenn sie sich meldete, mußten es Simon und Daniel auch tun. Allein würde sie sich auf keinen Fall in ein solches Abenteuer stürzen. Aber mit den beiden Freunden an der Seite – darüber ließ sich reden.

„Bille, komm doch bitte schnell mal her!" rief Hubert verärgert aus dem Stall. „Dein Schätzchen empfängt schon wieder Privatbesuche!"

Du lieber Himmel, sie hatte Zottels Box offenstehen gelassen, als Krüger mit Nathan auf den Hof fuhr. Bille rannte in den Stall und sah schon von weitem neben Zottels rotgesprenkeltem Fell das blauschwarz glänzende von Black Arrow. Hatte er es also wieder geschafft.

„Er hat mich glatt überrumpelt!" empörte sich Hubert. „Ich bin aus seiner Box, da hat er mich zur Seite gedrängt und ist rübergelaufen."

„Er wird nicht eher ruhen, als bis die beiden in ein und dieselbe Box kommen", meinte Petersen kopfschüttelnd. „Dabei habe ich schon gehofft, er wäre über den Tick weg. Weil Zottel jetzt doch meistens in Wedenbruck gestanden hat Und dann wegen Sindbad, weil er eifersüchtig war. Aber seit das Pony wieder ganz hier ist, hat er seine Gefühle neu entdeckt, scheint mir."

Black Arrow und Zottel fraßen fröhlich schnaubend aus der gleichen Krippe, wie zwei Freunde, die sich nach einem arbeitsreichen Tag in der Eckkneipe zum Abendessen treffen. Bille klopfte beiden zärtlich den Hals. War es nicht schön, daß es solche Freundschaften zwischen den Pferden gab? Und daß es in Groß-Willmsdorf keine Feindschaften gab. Wie oft hatte sie aus anderen Ställen gehört, daß zwei Pferde sich nicht ausstehen konnten. Hier gab es zwar Einzelgänger, die sich nicht viel aus der Gesellschaft der anderen machten, aber alle hielten Frieden miteinander.

Bille stand zwischen Zottel und dem schönen, großen Rappen und legte ihre Arme um die Pferdehälse. Meine beiden Pferde! dachte sie und wurde sich gleich darauf bewußt, was es bedeuten würde, wenn Black Arrow ihr Pferd wäre. Wieviel mußte man aufwenden, um eine solche Kostbarkeit zu erwerben? Konnte man sich das Geld zusammensiegen? Und wie lange würde das dauern?

Nein, ein solches Pferd zu besitzen, mußte für immer ein Wunschtraum bleiben. Onkel Paul verwöhnte sie zwar ungemein und förderte ihre Pferdeleidenschaft nach Kräften, aber er war kein Millionär, der seiner Tochter ein Pferd für fünfzigtausend Mark kaufen konnte.

„Na?" sagte der alte Petersen und schaute in die Box.

„Was ist, wenn wir die beiden zusammen hier drin lassen?"

„Ne, ne, mein Deern, so gern ich das täte – aber die Verantwortung kann ich nicht übernehmen. Die Box ist zu klein für zwei. Und wenn der Amerikaner sich verletzt, bin ich dran."

„Schon gut, ich bring ihn rüber. Na komm, Königliche Hoheit, wir danken für den Besuch."

Noch am Abend rief Bille in Peershof an und erzählte von Klaus Krügers Einladung zum Turnier des Reitvereins Neukirchen.

„Klar machen wir das!" sagte Simon sofort. „Daniel und ich wollten schon voriges Jahr dort starten – aber es gab einen elterlichen Einspruch. Wegen schlechter Noten in der Schule. Genauer gesagt: Daniel hatte die schlechten Noten, ich hab dann seinetwegen auch verzichtet."

„Dachte ich mir doch. Ich weiß doch, daß du ein Musterschüler bist. Und du meinst, ich sollte mich melden? Ich bin gut genug?"

„Klar, da gibt's viel schlechtere als dich."

„Oh, danke!"

„So war's doch nicht gemeint, ich wollte sagen . . ."

„Immer Kavalier", brüllte Daniel in die Muschel.

„Also – am besten, wir sprechen mit Herrn Tiedjen darüber, wenn er wieder da ist. Oder wir schreiben ihm ins Krankenhaus und bitten ihn um seinen Rat."

„Tiedjen! Menschenskind, das hätte ich ja beinahe vergessen euch zu erzählen! Er läßt euch grüßen. Und in drei Wochen ist er wieder da." Bille erzählte lang und breit, was sie von Klaus Krüger gehört hatte. „Wenn ich nur wüßte, wie man ihm eine Freude machen könnte", überlegte sie.

„Es müßte irgendwas sein, was ihn erheitert. Was ihn seine Krankheit vergessen läßt", überlegte Simon. „Ein Fest veranstalten? Den Stall neu anstreichen – oder neue Hindernisse bauen? Aber nein, das würde ihn erst recht an sein Pech erinnern."

„Wir könnten ja was dichten?" rief Bettina, die dicht danebenstand, um alles mitzuhören. „Ein Heldenepos auf Hans Tiedjen!"

„Warum nicht gleich eine Pferde-Oper", meinte Bille lachend.

„Moment mal – die Idee ist gar nicht so schlecht!" mischte sich Daniel ins Gespräch. „Wolltet ihr ihn nicht zum Lachen bringen? Da wär doch eine Pferde-Oper genau das Richtige!"

„Wie willst du denn das machen – in so kurzer Zeit?"

„Laß mich eine Nacht darüber schlafen. Mir fällt schon was ein."

„Okay, dann bis morgen. In der großen Pause kannst du uns erzählen, was dir über Nacht eingefallen ist. Tschüß!"

Bille hängte ein.

„Ich wüßte schon was", sagte Onkel Paul verschmitzt, der das Gespräch mitangehört hatte.

„Wirklich? Schieß los!"

„Ihr braucht dazu ein Tonbandgerät mit guten Lautsprechern und ein paar Kostüme und Requisiten, weiter nichts."

„Das müßte sich doch machen lassen."

„Eben. Allerdings müßten die Kostüme den Pferden passen."

„Da wird's schon schwieriger. Aber vielleicht genügen Andeutungen . . ."

„Sicher. Euch fällt bestimmt was ein."

„Und weiter?"

„Nun ja – ich habe mir das so gedacht: Aufführungen macht doch jeder. Ich meine, Aufführungen, die von Kindern oder Erwachsenen gespielt werden. Das ist nichts Besonderes. Aber wenn ihr nun die Pferde spielen laßt – in Kostüm und Maske – und die Stimmen dazu vom Tonband abspielt? Jeder von euch müßte ein Pferd führen, ohne selbst gesehen zu werden. Das ist nicht schwierig, ich kenne da einen Trick. Aber wie bringt ihr sie dazu, im richtigen Moment das Maul aufzusperren?"

„Hm – man müßte ihnen aufs Stichwort ein Stück Zucker geben – oder Honig auf die Lippen schmieren. Vielleicht funktioniert es auch mit einem Stück Mohrrübe oder Apfel. Menschenskind, Onkel Paul, du bist einfach genial! Das ist die Idee! Die anderen werden Augen machen, wenn ich ihnen das erzähle!"

„Weißt du, den Trick, von dem ich eben sprach, habe ich einmal in einem Varietétheater gesehen. Auf der Bühne bewegten sich Stoffpuppen, ausgestopfte Tiere und alle möglichen Gegenstände durch die Luft, als seien sie lebendig." Onkel Paul redete sich in Begeisterung. „Es war wie Zauberei – ich konnte nicht begreifen, wie so etwas möglich war. Aber schließlich kam ich hinter das Geheimnis: sie wurden von Spielern bewegt, die von Kopf bis Fuß schwarz angezogen waren – so daß sie im grellen Scheinwerferlicht, mit dem die Puppen angestrahlt wurden, einfach nicht zu sehen waren!"

„Und das klappt wirklich?"

„Ja. Ihr müßt natürlich jemanden haben, der mit Scheinwerfern geschickt umgehen kann. Dann braucht ihr nur noch ein gutes Stück."

„Juhu!" Bille sprang auf und stimmte ein Indianergeheul an. Dann fiel sie Onkel Paul um den Hals. „Du, das wird ein Superspaß! Ich kann's kaum erwarten, bis es soweit ist! Bis dahin ist auch Moischele wieder gesund und kann mitspielen."

„Ach je, Moischele – unser Hofhund", seufzte Onkel Paul und legte seine Stirn in Dackelfalten. „Du weißt noch nicht, was deine Mutter ausgebrütet hat."

„Sie will ihn doch nicht etwa weggeben?"

„Im Gegenteil. Sie will einen zweiten Stall neben der Garage bauen lassen. Für Zottel – damit Moischele der Schock erspart bleibt, noch einmal umziehen zu müssen."

„Ist das wahr?" sagte Bille vergnügt. „Alle Achtung, dein guter Einfluß auf Mutsch ist unbezahlbar. Früher wäre ihr so was zu teuer gewesen."

„So ändern sich die Zeiten – jetzt ist es mir zu teuer. Na, eigentlich nicht direkt", verbesserte er sich schnell. „Er ist ja so ein lieber Kerl, unser Moischele. Und Mutsch hängt so an ihm."

„Du sagtest es ja schon: Er ist unser Hofhund. Nur das Bellen muß er noch lernen. Ich bin gespannt, wie Zottel sich mit ihm verträgt. Und was den zweiten Pferdestall betrifft – wenn unser Stück ein Erfolg wird, geben wir noch eine öffentliche Vorstellung. Vielleicht reichen die Einnahmen für die Baukosten von Zottels neuer Herberge."

Das Willkommensfest

So schwer es Bille fiel, sie ließ sich nichts anmerken. Als sie an Bettinas Seite am nächsten Tag in der großen Pause den Schulhof betrat und die Jungen am Zaun warten sah, setzte sie die unschuldigste Miene auf, die sie zustande brachte. Neugierig ging sie auf Daniel zu.

„Na? Schieß los! Was hast du ausgebrütet?"

„Ja, weißt du . . ." Daniel kratzte sich verlegen am Kopf, „das ist gar nicht so leicht. Ich denke an einen flotten Western mit Saloon und Schießerei und so. Aber wie wir das auf die Beine stellen wollen, ist mir noch ein Rätsel."

„Hm. Das ist aber schade."

Bille biß in aller Ruhe in ihr Brot, kaute langsam und mit Genuß und schluckte den Bissen hinunter.

„Wißt ihr", sagte sie beiläufig und betrachtete interessiert den Belag ihres Wurstbrotes, „Aufführungen zu machen, das ist keine Kunst. Das können schon die Kleinen im Kindergarten."

„Was du nicht sagst!"

„Aber den Leuten wirklich was überraschend Neues zu bieten, etwas, auf das noch keiner gekommen ist . . ."

„Worauf willst du hinaus?"

Daniel wurde sauer.

„Laß mich ausreden. Was können wir schon groß machen? Ein Märchen aufführen – oder ein Singspiel. Ein paar Zaubertricks für Kinder, im höchsten Fall so was wie Winnetou oder Robin Hood. Das lockt doch keinen Hund hinterm Ofen hervor. Und zum Lachen bringt es Herrn Tiedjen bestimmt nicht. Das können wir vergessen."

„Du willst also das Unternehmen abblasen?“ fragte Florian.

„Im Gegenteil. Ich will es anderen überlassen – die besser sind als wir.“

„Willst du eine Schauspieltruppe engagieren? Das ist doch viel zu teuer!“

„Du sagst es. Außerdem weiß ich jemanden – die sind viel besser.“

„Nun spuck's schon aus! Wen meinst du?“

„Unsere Pferde.“

Die Freunde schauten sich verblüfft an.

„Ich fürchte, das mußt du uns näher erklären“, sagte Simon. „Hab ich richtig gehört? Unsere Pferde?“

„Ganz recht. Hört zu . . .“

Nun erzählte Bille Onkel Pauls Vorschlag in allen Einzelheiten, und sie war ehrlich genug, sich nicht mit fremden Federn zu schmücken.

Die Freunde hatten ihr atemlos vor Spannung zugehört. Jetzt brach ein Sturm der Begeisterung los. Florian hüpfte von einem Bein aufs andere.

„Das wird ein Jux! Einfach klasse die Idee!“

„Einsame Spitze, wirklich“, sagte Daniel anerkennend.

„Ich glaube nicht, daß ich heute im Unterricht noch irgendwas mitbekomme“, seufzte Bettina. „Ich werde pausenlos an unsere Aufführung denken. Aber was lassen wir unsere Rösser denn nun spielen?“

„Eine Oper oder ein Musical. Das muß doch irre komisch sein“, meinte Daniel.

„Klar – Asterix als Othello!“ sagte Simon grinsend. „Vom Kopf bis zu den Hufen schwarz geschminkt. Oder als Japanerin mit Kimono und großer Schleife auf dem Popo . . .“

„Also – Oper ist, glaube ich, zu schwer. Spielen wir doch lieber einen Western“, schlug Florian vor.

„Na und dann? In einen Western gehören doch Pferde, oder?

Sollen unsere Pferde die Menschen darstellen? Oder sollen wir die Pferde spielen?" fragte Bille. „Nein, nein, Pferde dürfen in unserem Stück nicht vorkommen."

„Wir müssen gehen, es hat längst geläutet. Heute nachmittag halten wir bei uns in Peershof eine Besprechung ab, einverstanden?" sagte Bettina. „Denkt inzwischen darüber nach, was wir machen könnten, okay?"

Von diesem Tag an begann eine fieberhafte Tätigkeit. Es blieb nicht aus, daß das Training mit den Pferden zugunsten der Proben vernachlässigt wurde. Aber Bille und ihre Freunde waren so begeistert von ihrem Plan, daß sie alle Bedenken beiseite schoben.

Bei der Diskussion um den Inhalt des Stückes ging es hoch her. Jeder hatte eine andere Idee und je länger sie darüber stritten, desto schwieriger schien das Unternehmen zu werden. Bille machte dem heißen Kampf schließlich ein Ende.

„Ich weiß, was wir machen!" verkündete sie.

„Noch was Neues!" seufzte Simon.

„Quatsch! Wir werden etwas aufführen, bei dem jeder von uns das vorführen kann, was er vorgeschlagen hat. Und wißt ihr, wie?"

„Du wirst es uns vermutlich gleich erklären."

„Jetzt halt doch mal die Klappe. Wir werden das abendliche Fernsehprogramm von unseren Pferden vorführen lassen. Mit Nachrichten, Politik, Krimi und Show!"

„Herrgott noch mal! Warum ist mir das nicht eingefallen!" stöhnte Daniel. „Das ist die Lösung! Laßt uns gleich mal das Programm zusammenstellen. Wer wird der Nachrichtensprecher?"

„Asterix. Er sieht so würdig aus. Wir werden ihm eine Brille aufsetzen und eine Krawatte umbinden." Bettina war Feuer und Flamme. „Dann kommt Bongo als Wetteronkel und erklärt die Wetterkarte. Ein weißer Kragen würde sich auf seinem schwarzen Fell bestimmt prima machen – und vielleicht können wir ihm einen blonden Schnurrbart ankleben!"

„Klasse. Jetzt die Ansagerin!"

„Na wer schon! Pünktchen, ist doch klar – wir werden sie ganz toll rausputzen!" schwärmte Simon.

„Einverstanden. Und wie geht es weiter?"

„Pünktchen sagt einen Krimi an. Warte mal, da fällt mir gleich was ein!"

Simon zog sich den Schreibblock herüber und begann eifrig zu kritzeln.

„Und nach dem Krimi kommt die Show", sagte Bille. „Zottel und Sternchen als Schlagersänger. Und dann alle als Ballett."

„Ihr habt den Sport vergessen! Danach wird noch ein Fußballspiel übertragen", schrie Florian dazwischen.

„Klar – ein Fußballspiel muß auch rein! Sportstudio am Samstagabend."

„Und zum Schluß kommt dann das Wort zum Sonntag. Das spricht wieder Asterix – natürlich in einer anderen Verkleidung."

„Oder was Politisches."

„Mal sehen, vielleicht. Aber ich glaube, ‚Wort zum Sonntag' liegt Asterix mehr." Daniel stand auf. „Ich rufe gleich mal einen Kumpel aus meiner Klasse an, der ein Tonbandgerät hat. Das Tonband ist jetzt erst mal das wichtigste. Wenn wir die Aufnahmen fertig haben, können wir mit den Proben beginnen."

„Aber wer soll die Scheinwerfer bedienen", überlegte Bille. „Es ist ziemlich schwierig."

„Da kenne ich jemanden. Der wird bestimmt gern mitmachen – und als Helfer nehmen wir Karlchen und Helga. Vielleicht machen Hubert und dein Onkel Paul auch mit, was meinst du?" fragte Simon Bille.

„Onkel Paul? Sicher. Schließlich hat er den Einfall gehabt. Und Mutsch wird uns beim Zusammenstellen der Kostüme helfen. Wie weit bist du mit deinem Krimi?“

„Er wird gerade geboren. Wenn wir mit unserer Besprechung fertig sind, werde ich mich zurückziehen und die Sache ausarbeiten. Es wird der spannendste Thriller, der je über die Mattscheibe gelaufen ist.“

„Galoppiert ist, meinst du.“

„Sagt mal, wenn ich mir die Sache so überlege“, Bettina schob mit dem Zeigefinger ihre Nasenspitze in die Höhe und starrte ins Leere, „es wird eine ziemlich große Sache, die wir da planen . . .“

„Hm, und? Hast du Bammel davor?“ fragte Daniel.

„Im Gegenteil. Aber ich überlege gerade, wo wir unser Publikum hernehmen – außer Herrn Tiedjen. Zehn Leute hinter der Bühne und nur ein einziger Zuschauer, das ist doch blöd!“

„Ja, ein paar Gäste müßten wir schon haben“, überlegte Bille. „Wißt ihr was? Wir werden mit Dr. Dörfler darüber sprechen. Er ist doch mit Herrn Tiedjen befreundet Wir werden ihn bitten, das Einladen der Gäste für uns zu übernehmen.“

„Wir laden ein zu einem bunten Abend mit Speis und Trank und vielen Überraschungen – so in der Art. Das mit ‚Speis und Trank‘ müssen wir auch noch organisieren.“

„Am besten, wir jubeln es – mit viel Diplomatie – Frau Engelke unter“, überlegte Bille.

„Wer ist Frau Engelke?“

„Herrn Tiedjens neue Haushälterin. Sie ist ganz prima.“

„Na also“, sagte Florian zufrieden, „und Fräulein Fuchs steuert sicher auch etwas bei, wie ich sie kenne.“

„Damit wäre der erste Abschnitt der Planung abgeschlossen. Gehen wir an die Arbeit. Simon ist für Text und Regie verantwortlich, Bille für die diplomatischen Verhandlungen mit den Erwachsenen, ich kümmere mich um die Technik, Bettina ist Kostümbildnerin und Florian unser aller Assistent. Einverstanden?" fragte Daniel.

Alle nickten eifrig.

„Dann geh dichten, Simon. Bevor der Text nicht fertig ist, können wir nicht proben. Wir verhandeln inzwischen – und du, Flori, kannst mit Bettina schon mal die Einladungen entwerfen."

Drei Wochen später war es soweit. Die aufregenden Proben lagen hinter ihnen, die Kulissen waren gebaut und bemalt, die Kostüme fertig, die Scheinwerfer montiert. Fräulein Fuchs und Frau Engelke wetteiferten in ihren Küchen um die besten Salate und kalten Platten, und Herr Dr. Dörfler kümmerte sich gemeinsam mit Onkel Paul um die Beschaffung der Getränke und alles, was sonst noch für das Fest benötigt wurde.

Mutsch hatte sich bereit erklärt, als Garderobiere bei dem zahlreichen schnellen Wechsel der Kostüme zu helfen, und Hubert stellte seine Kraft als Kulissenschieber zur Verfügung. Außerdem war ein halbes Dutzend Mitschüler als freiwillige Helfer angetreten.

Am Abend zuvor war Herr Tiedjen angekommen. Blaß, schwer auf den Arm Klaus Krügers gestützt, der ihn von der Bahn abgeholt hatte, war er aus dem Wagen gestiegen. Fräulein Beck, die Sekretärin, Herr Lohmeier, der Gutsverwalter, und Frau Engelke hatten mit mitleidüberschwemmten Trauermienen ihren Chef begrüßt. Dann waren Bille, Bettina und die drei Jungen vorgetreten, hatten große Blumensträuße überreicht und Herrn Tiedjen die Einladung für das Fest am folgenden Abend in die Hand gedrückt.

„Ich freue mich, daß ich wieder bei euch bin", hatte er lächelnd gesagt. „Im Augenblick bin ich ein bißchen k. o. von der Reise. Aber morgen werdet ihr staunen, wie ich schon wieder herumspringen kann."

Bille hatte mit den Tränen gekämpft, als sie ihr Idol auf Krücken die Stufen zum Eingang erklimmen sah, die er sonst mit einem Satz übersprungen hatte. Frau Engelke, die Blumen im Arm hatte, und Klaus Krüger, mit dem Gepäck, waren ihm schweigend gefolgt. Die Zurückgebliebenen hatten sich bedrückt angesehen, und Bille war sich plötzlich gar nicht mehr sicher gewesen, ob ihre Aufführung wirklich so eine gute Idee war wie sie bisher gemeint hatten. Aber nun gab es kein Zurück mehr.

Der Wettergott war ihnen gnädig, und so konnte das Fest im Freien stattfinden. Auf der Veranda standen Tische mit Gläsern, Geschirr und Besteck bereit, daneben eine Theke mit Getränken. Im Hintergrund wartete die Tafel mit den Leckerbissen auf eifrigen Zuspruch.

Da Herr Tiedjen heute Ehrengast im eigenen Hause war, kümmerte sich Herr Dr. Dörfler um die eintreffenden Gäste. Für den Beginn der Vorstellung mußte man den Einbruch der Dunkelheit abwarten. Als die ersten Fledermäuse ums Dach huschten, wurden die Gäste gebeten, auf den im Park aufgestellten Stühlen vor der Bühne Platz zu nehmen. Das große aus Holzlatten zusammengesetzte Rechteck, das den Fernsehschirm markierte, war noch mit grauen Decken verhängt.

Karlchen machte sich bereit, das Tonbandgerät zu bedienen. Von ihm hing viel vom Erfolg des heutigen Abends ab. Die freiwilligen Helfer aus Daniels und Simons Klasse kletterten auf ihre luftigen Sitze hinter die in den Bäumen montierten Scheinwerfer.

Bille und ihren Freunden war ganz elend vor Lampenfieber. Sie hatten so viel geprobt – aber würde das Stück nun auch wirklich ein Erfolg werden?

Da! Onkel Paul schlug auf den Gong, die ersten Scheinwerfer strahlten auf. Die grauen Decken wurden zur Seite

Asterix als Nachrichtensprecher erhielt begeisterten Applaus

gezogen und gaben den Blick auf ein Pult mit Mikrofon frei, hinter dem Asterix stand, einen Kragen mit rot-gelb-gestreifter Krawatte um den Hals, auf der Nase eine riesige Brille. Ein musikalisches Signal erklang, Daniel schob seinem Schimmel unbemerkt von unten ein paar Zuckerstücke ins Maul. Asterix nickte begeistert mit dem Kopf.

„Guten Abend, meine Damen und Herren, hier ist das Deutsche Fernsehen mit den Nachrichten“, erscholl es aus den Lautsprechern.

Aus dem Publikum klangen die ersten Lacher herauf. Asterix stieß mit dem Huf gegen das Podest, es wankte bedenklich. Das aus einer Flasche und grauem Stoff gebastelte Mikrofon schaukelte wie ein betrunkener Gartenzwerg von einer Seite zur anderen und stürzte klirrend um. Karlchen drückte geistesgegenwärtig die Stopptaste und wartete, bis Daniel es wieder in Stellung gebracht hatte, wobei er darauf achtete, daß es aussah, als wäre es Asterix gewesen, der das Mikrofon mit dem Maul aufgehoben hatte.

Den Nachrichtentext hatte Onkel Paul mit seinem vollen Baß sehr gefühlvoll auf Band gesprochen. Keine Stimme hätte besser zu dem großen Schimmel passen können.

„London“, sagte der Nachrichtensprecher. „Bei den diplomatischen Verhandlungen zwischen den Vertretern des englischen und des arabischen Vollbluts über das bessere Laufvermögen konnte bisher noch keine Einigung erzielt werden. Regierungssprecher Black Arrow betonte, das Gespräch habe in einer offenen und freundschaftlichen Atmosphäre stattgefunden. – Hannover: Bei einem Raubüberfall auf das Gestüt Langenschweif konnten Diebe über fünfzig Zentner Hafer erbeuten. Der Nachtwächter, ein verdienter Wallach des Gestüts, wurde mit Zucker überwältigt, dem die Verbrecher ein Abführmittel beigemengt hatten. Von den Tätern fehlt bis jetzt jede Spur. Doch glaubt die Polizei, ein international gesuchter Lebensmitteldieb mit rot-weiß-geflecktem Fell könne an der Tat beteiligt gewesen sein.“

„Hahahahaha!“ dröhnte es im Publikum los. Das war Herrn Tiedjens Stimme. Bille seufzte erleichtert.

„Paris“, fuhr der Nachrichtensprecher fort. „Der Wunderhengst Bel Ami hielt gestern seine Antrittsrede vor dem Parlament. Bel Ami kritisierte das explisove Wachstum, ehem, das oxplesive Wuchstam anquulifizierter – Verzeihung – das ixplesove Tachswum inquilufazierter Wuchtver – Zuchtver – na so was! Also das – das – na ja, also, er war dagegen. – Und nun die Wetterkarte. Bitte, Professor Bongo!“

Bongo trippelte von Florian geführt herein, während die Zuschauer versuchten, ihre Lachmuskeln wieder unter Kontrolle zu bekommen. Auf dem Kopf thronte ihm eine blonde Perücke, unter dem Kinn baumelte ein gewaltiger Spitzbart, der durch einen Schnauzbart über den Nüstern wirkungsvoll ergänzt wurde. Der Schnauzbart kitzelte ihn, Bongo versuchte, durch heftige Bewegungen der Lippen das lästige Ding loszuwerden. Das sparte Florian den Zucker. Er führte Bongo dicht an die große Wetterkarte heran und drehte ihn halb zum Publikum um.

„Regen!“ krächzte Professor Bongo. „Beim Auftauchen grauer Wolkenberge ist unbedingt mit Regen zu rechnen. Sollte der Himmel aber blau sein, wird vermutlich die Sonne scheinen. Nun, auf jeden Fall kann es nur besser werden.“

„Danke, Herr Professor.“

„Hoffentlich reicht der Zucker“, flüsterte Bille, „Asterix hat einen enormen Verbrauch.“

Das Licht erlosch und Pünktchen nahm Asterix’ Platz ein.

Donnernder Applaus begrüßte die Ansagerin, die bis zum Hals in geblümter Seide steckte und mit Christbaumketten geschmückt war. Ihre Mähne war zu einer bauschigen Löckchenfrisur onduliert worden.

„Und nun, meine Damen und Herren“, zirpte es vom Tonband, „setzt der Sender Wedenbruck das Abendprogramm mit einem Krimi aus der Reihe ‚Big Zottel schafft sie alle‘ fort. Wir wünschen Ihnen gute Unterhaltung.“

Bille atmete tief durch. Das war ihr schwierigster Auftritt. Die Scheinwerfer erloschen, und die Helfer verwandelten die

Bühne blitzschnell in das Büro Kommissar Schlaukopfs, der von Lohengrin gespielt wurde. Ihm hatten sie eine weiße Perücke übergestülpt, außerdem trug er einen weißen Kragen und eine Krawatte. Zottel, als flotter Detektiv, erschien mit Schiebermütze und einer langen Pfeife im Maul, die Bille seitlich am Gebiß befestigt hatte.

„Vergiß den Zucker nicht!" zischte Bettina hinter ihr.

Die Scheinwerfer flammten von neuem auf, und Bille zog Zottel auf die Bühne. Hinter einem auf Pappe aufgemalten Schreibtisch stand Lohengrin, von Simon unsichtbar gehalten.

„Heute kommt Little Joe aus dem Gefängnis", knurrte der Kommissar – Lohengrin malmte wie ein Kamel –, „schätze, er wird sofort zu dem Versteck gehen, in dem er die Beute zurückgelassen hat, als wir ihn damals verhaftet haben. Verfolgen Sie ihn unauffällig."

„Klar, Sir", antwortete Detektiv Big Zottel. „Und wenn mich nicht alles täuscht, werde ich nicht der einzige sein, der hinter ihm her ist. Schielauge und Blacky warten sicher schon, um ihren Anteil an der Beute zu kassieren. Gute Gelegenheit, alle drei zu schnappen."

Wieder erlosch das Licht und die Szene wurde verwandelt.

„Fertig!" flüsterte Hubert.

Bettina zog Sternchen – die kesse Lilli – im Dunkeln auf die Bühne. Die kesse Lilli trug ein Spitzennachthemd und hatte eine riesige rosa Seidenschleife auf dem Kopf. Jubelnder Applaus erklang, als sie im vollen Scheinwerferlicht stand. Die kesse Lilli stieg erschrocken auf die Hinterbeine und warf Bettina fast um. Aber da kam schon Moischele als Little Joe. Er steckte noch in seinen Sträflingskleidern. Das war zwar nicht ganz richtig, aber Bille und Simon hatten dafür gestimmt, weil es so komisch aussah.

„Lilli, meine Puppe!" flötete Little Joe. „Da bin ich wieder." Moischele trippelte an das wesentlich größere Sternchen heran und zwickte die Stute in den Bauch. Die kesse Lilli quiekte und keilte aus.

„Menschenskind, paß doch auf!" zischte Bettina Florian zu und zerrte verzweifelt an dem schwarzen Strumpf, der ihren Kopf einhüllte, weil die schmalen Sehschlitze verrutscht waren und irgendwo auf der Stirn saßen.

„Joe! Mein Geliebter! Endlich! Ich bin fast gestorben vor Sehnsucht!" zwitscherte die kesse Lilli, ihre Worte standen in krassem Gegensatz zu ihrem Benehmen.

„Ich hoffe, du hast die Beute gut bewacht?" Little Joe rückte vorsichtig näher an die spröde Lilli heran.

„Natürlich. Hier in der Schublade, unter den Büstenhaltern, kein Mensch hat sie dort vermutet!" Sternchen wieherte wie zur Bestätigung ihres Textes, und das Publikum wieherte mit.

„Ha! Haben wir dich endlich in der Falle!" Schielauge – das heißt Asterix, mit schwarzer Augenklappe – und Blacky alias Bongo – stürzten auf die Bühne und traten als erstes Lillis Bett in Trümmer. „Her mit dem Zaster!" An ihren Schultern blitzten gefährlich aussehende Maschinenpistolen – ein Werk von Hubert und Karlchen.

Jetzt wurde es eng auf der Bühne. Little Joe und Lilli wurden in eine Ecke abgedrängt, Schielauge rückte auf die Kommode vor und förderte – scheinbar mit den Zähnen – alle möglichen Wäschestücke zutage.

Bongo-Blacky hielt die beiden anderen in Schach.

„Hufe hoch, oder es knallt!"

Bille zog Big Zottel auf die Bühne. Blacky und Schielauge fuhren herum. „Au!" schrie es unter Blackys Bauch hervor. Peter, ein Klassenkamerad Simons, der Bongo führte, war bei der schnellen Wendung mit der Hand unter einen Huf des Ponys geraten. Bille brachte Zottels Revolver in Stellung.

„Ich habe jedes Wort gehört. Ihr seid verhaftet! Keine Bewegung!"

„Knall den Bullen ab!“ fiepte Little Joe.

Und schon eröffnete Schielauge das Feuer. Sahnetörtchen müssen's sein, das ist immer komisch! hatte Simon gesagt. Und so flogen die klebrig-süßen Geschosse nun zwischen Detektiv und Verbrechern hin und her. Karlchen sorgte aus dem Hintergrund für Nachschub. Da sie die Schlacht mit den Törtchen nur theoretisch geprobt hatten, entstand auf der Bühne bald ein heilloses Durcheinander.

Peng! klatschte das erste Törtchen Zottel vor die Füße. Der erfaßte die Situation sofort und begann den Leckerbissen zu verspeisen, so sehr Bille ihn auch am Halfter zerrte, denn er mußte ja zurückschießen. Klatsch! Bille traf – abgelenkt von dem in die andere Richtung ziehenden Zottel – Florian mitten ins Gesicht. Little Joe rächte sich sofort. Zack! Der nächste Schuß beförderte Big Zottels Pfeife ins Publikum. Big Zottel entschloß sich daraufhin, den Rest seiner Munition selber zu verzehren. Bille rettete die zwei letzten Törtchen vor seiner Gier und traf mit dem einen die kesse Lilli auf den Popo, mit dem zweiten Blacky genau vor die Brust.

Der hätte jetzt eigentlich tot sein müssen, er begann seine Sterbeszene wirkungsvoll, indem er sich mit einem Schreckensschrei aufbäumte, entschloß sich dann aber doch lieber, sich die Sahne von der Brust zu lecken. Little Joe tat das gleiche mit dem Törtchen auf Lillis Hinterteil.

„Das ganze Haus ist von Polizei umstellt, Jungs, jeder Widerstand ist zwecklos. Ergebt euch!“ murmelte Big Zottel und schleckte sein Törtchen.

Onkel Paul machte Karlchen ein Zeichen, das Tonband zu stoppen und ließ die Scheinwerfer ausblenden. Da Detektiv und Verbrecher so friedlich miteinander speisten, konnte man sich den Schluß des Stückes sparen.

Den Abschluß und Höhepunkt der Sendung bildete Pünktchen als Schlagersängerin. Diesmal war sie in viel glitzernd

Grünes gehüllt, Perlen schmückten den Kopf, die Augen waren schwarz umrandet. Asterix spielte den Ansager.

„Und nun – den Schlager der Woche, meine lieben Freunde!" Der Ansager leckte sich die Lippen. „Heute präsentiere ich Ihnen unseren neuen Star Gabriela mit dem neuesten Hit! Sie werden begeistert sein! Ein Hit – hot, kann ich Ihnen sagen, hot! Na also, der ist schon nicht mehr hot, der ist hottehüh! Und hier kommt sie! Gabriela!"

Simon schob seine grün-glitzernde Stute ans Mikrofon. Pünktchen warf geziert den Kopf in den Nacken und trippelte.

Unter ohrenbetäubendem Jubel der Zuschauer trat Zottel im Matrosenanzug auf

Das Vorspiel begann, Simon strich Pünktchen schnell etwas Honig auf die Lippen.

„Mariechen saß weinend im Garten", schluchzte die Schlagersängerin. Ohrenbetäubendes Gelächter übertönte ihren Gesang. „Im Grase lag schlummernd ihr Kind. In ihren schwarzbraunen Locken", Pünktchen schüttelte wie zur Bestätigung ihre gelockte Mähne, „spielt leise der Abendwind" – Pünktchen hob den Schweif.

„Nein, bist du verrückt? Nicht jetzt!" jammerte Simon.

„Sie saß so still, so traurig", hinter der Schlagersängerin fiel der erste dampfende Apfel zu Boden, „im Abenddämmerschein die dunklen Wolken zogen", von der Bühne her verbreitete sich strenger Geruch, klatschend fielen weitere Äpfel, „und Wellen schlug der Teich."

Simon wußte nicht, ob er lachen oder weinen sollte. Bei der Probe hatte doch alles so gut geklappt. Die Aufregung mußte Pünktchen auf den Magen geschlagen sein. Unter dem schallenden Gelächter des Publikums beendete sie ihren Auftritt. Der Rest der Vorstellung ging im ohrenbetäubenden Jubel der Zuschauer unter: Zottels Auftritt im Matrosenanzug und mit Gitarre, er sang „Junge, komm bald wieder", und Lohengrins gefühlvoll vorgetragenes „Grün ist die Heide".

„Uff", stöhnte Bille, als alles vorüber war. „Noch so eine Vorstellung, und ich habe mir soviel runtergeschwitzt, daß ihr mich als Stangenspargel verkaufen könnt."

Grauer Alltag und neue Pläne

Nach den turbulenten Proben und dem bejubelten Erfolg der Pferde-Show fiel es ihnen schwer, sich wieder an den Alltag mit seinen Pflichten zu gewöhnen. Die langen Schulwochen bis zu den großen Ferien lagen vor Bille wie eine riesige Schüssel Brotsuppe, graubraun und fad. Wenn es eines auf der Welt gab, was Bille haßte, dann war es Brotsuppe. Ihr Vater hatte sie geliebt, und so lange er lebte, hatte Mutsch sie mindestens einmal in der Woche auf den Tisch gebracht. Vati hatte nicht einsehen wollen, daß Bille seine Leidenschaft für dieses Gericht nicht teilte und hatte darauf bestanden, daß sie ihren Teller leer aß. Für Bille waren es Stunden würgender Qual gewesen, denn sie durfte den Tisch nicht eher verlassen, bis sie ihre Suppe gegessen hatte. Noch in Erinnerung daran, schüttelte sie sich.

„Daß das Wetter regnerisch und kühl war, trug auch nicht dazu bei, ihre Laune zu verbessern. Es gab viel nachzuholen für die Schule, und sie mußte ihre Zeit fürs Reiten und im Stall auf das Notwendigste beschränken.

Herr Tiedjen hatte den Unterricht wieder aufgenommen. Karlchen hatte ihm einen Sitz gebaut, der wie ein Königsthron wirkte: Auf einem Podest stand ein uralter Sessel mit steifer Lehne, der Herrn Tiedjens Rücken den nötigen Halt gab. So konnte er zwar nur einen Teil der Reitbahn überblicken, aber Bille und ihren Freunden genügte es, wenn er ihre Fehler auf dieser Teilstrecke entdeckte.

Seit Bille, Daniel und Simon mit ihm besprochen hatten, daß sie in Neukirchen beim Turnier dabeisein wollten, war er unerbittlich streng geworden. Der Idee selbst hatte er sofort zugestimmt. Denn er fand es richtig, daß sie auf kleinen Turnieren ihre ersten Erfahrungen in einem Wettkampf vor Publikum gewinnen wollten. In einem Punkt hatte er Billes Freude allerdings einen gewaltigen Dämpfer erteilt. Sie hatte gehofft, er würde ihr erlauben, Troja zu reiten. Aber er hatte seine Zustimmung davon abhängig gemacht, daß *er* das Pferd für sie auswählen würde. Und dieses Pferd hieß nicht Troja – es hieß Lohengrin. Bille hatte gedacht, sie höre nicht recht. Ausgerechnet Lohengrin! Mit dem sie solche Schwierigkeiten hatte! Wie recht Herr Tiedjen hatte, sollte sie erst viel später einsehen.

Vorerst wurde gearbeitet, hart gearbeitet. Und Bille war manchmal dem Weinen nahe, weil sie glaubte, plötzlich überhaupt nichts mehr richtig zu machen.

„Halte die Schenkel ruhig! Sie rutschen hin und her, als wolltest du mit ihnen Geige spielen!"

„Paß auf deine Ellbogen auf!"

„Hände ruhig halten!"

„Wenn ich sage, Hände ruhig halten, dann meine ich nicht, daß du sie auf der Pferdeschulter festleimst. Hände ruhig halten bedeutet Zügel ruhig halten – sie müssen elastisch mit dem Pferdekopf mitgehen."

„Du reitest zu dicht an das Hindernis heran! Du mußt die ideale Absprungstelle im Gefühl haben!"

„Dein Pferd verliert Schwung! Achte darauf, daß es Tempo behält!"

„Nicht runterschauen! Sieh geradeaus, wenn du springst, du bist hier nicht beim Pilzesuchen!"

Die Anweisungen prasselten nur so auf sie nieder, nichts entging seiner Aufmerksamkeit. Bille wurde immer mutloser.

„Was ist los mit dir, du wirkst so kraft- und lustlos", fragte er eines Tages, als sie am Ende der Unterrichtsstunde aus dem Sattel rutschte und schwer wie ein Mehlsack auf den Boden plumpste.

„Ach – ich weiß selber nicht", sagte Bille weinerlich. „Manchmal möchte ich am liebsten alles hinschmeißen und mich in eine dunkle Ecke verkriechen."

„Na, na." Herr Tiedjen legte den Arm um ihre Schulter und ging – schwer auf die gestützt – mit ihr aus der Bahn. „Was soll ich denn da sagen? Was glaubst du, wie schwer es mir wird, Geduld zu haben und nicht den Glauben daran zu verlieren, daß alles wieder gut wird?"

„Das ist wahr“, sagte Bille beschämt. „Es tut mir leid.“

„Es braucht dir nicht leid zu tun. Probleme sind dazu da, besprochen und gelöst zu werden! Meinst du nicht, daß du dir in den vergangenen Monaten ein bißchen zuviel zugemutet hast? Die Schule – der Stalldienst – das kranke Pony – dein Pflegesohn Sindbad – das Reiten . . .“

„Aber nie im Leben!“ sagte Bille erstaunt. „Jede Stunde bei den Pferden ist einfach – na, einfach Glück! Andere sammeln Briefmarken oder schwimmen oder häkeln oder spielen mit Modepuppen – meine Leidenschaft sind die Pferde!“

„Und trotzdem bist du nicht glücklich.“

„Ja, das ist es ja. Ich verstehe mich selbst nicht mehr. Ewig bin ich unzufrieden mit mir. Ich meine einfach, ich müßte nun endlich alles können.“

„Ach, Kind!“ Herr Tiedjen lachte auf. „Du wirst ein Leben lang lernen und immer neue Erfahrungen machen – man hört nie auf, Schüler zu sein.“

Bille schwieg. Er hatte ja recht. Vor etwas mehr als einem Jahr hatte sie mit dem Reiten begonnen. Sie hatte schnell Fortschritte gemacht, da sie jeden Tag reiten konnte, oft sogar mehrere Stunden. Trotzdem stand sie schließlich noch am Anfang ihres Reiterdaseins.

„Hast du das Gefühl, daß ich zuviel von dir verlange?“

„Um Himmels willen, nein! Ich ärgere mich doch nur über mich selbst!“

„Das ist normal, das tun wir alle von Zeit zu Zeit.“

„Vielleicht . . .“, überlegte Bille, „hängt es einfach mit der Schule zusammen. Die Schule hängt mir so zum Hals heraus, ich kann's gar nicht beschreiben. Und sie kostet soviel unnötige Zeit. Am liebsten würde ich aufhören.“

„Bist du verrückt?“ Herr Tiedjen blieb stehen und sah sie entsetzt an. „Du weißt nicht was du sagst. Es gibt nichts Schrecklicheres für mich, als Leute, die nur Pferde im Kopf haben und sonst nichts. Kein Buch lesen, sich nicht dafür interessieren, was in der Welt vorgeht, für Musik, Theater, Kunst kein Interesse aufbringen – von Fremdsprachen ganz zu schweigen. Wissen ist etwas so Schönes!“ Herr Tiedjen sah Bille durchdringend an. „Sag mal – hast du Schwierigkeiten in der Schule?“

„Nicht direkt. Ich war immer unter den drei Besten – und jetzt bin ich ein bißchen schlechter geworden.“

„Weißt du was? Ich mache dir einen Vorschlag. Du weißt ja, daß ich mich sehr schonen muß, einen großen Teil des Tages soll ich liegen. Das ist sehr langweilig auf die Dauer. Wie wär’s, wenn du nachmittags zu mir kämst und deine Aufgaben mit mir gemeinsam machst? Vielleicht an drei Tagen in der Woche – wir könnten zusammen Tee trinken und ein bißchen über Groß-Willmsdorf sprechen – über die Pferde – über meine Zukunftspläne. Mir geht da eine ganze Menge im Kopf herum. Und dann werden wir uns um deine Aufgaben kümmern. Und anschließend gehen wir in die Reitbahn. Was hältst du davon? Ich will dich natürlich nicht überreden. Sag es mir ruhig, wenn du keine Lust hast, deine Nachmittage am Krankenbett eines alten Mannes zu vertrödeln.“

„Alter Mann?“ Bille mußte lachen. „Im Gegenteil – die Idee ist so toll, daß ich gar nicht mehr weiß, warum ich eben so todtraurig war. Gleich morgen?“

„Klar! Ich sage Frau Engelke, sie soll einen Kuchen backen und eine große Kanne Kakao kochen. Ich hoffe, du magst Kakao?“

„Und ob!“

„Dann bin ich beruhigt. Ich liebe nämlich Kakao über alles, und alle Leute setzen mir Kaffee oder Tee vor. Wahrscheinlich fürchten sie um meine schlanke Linie.“

Als Bille Lohengrin zum Stall führte, hatte sie das Gefühl, einen halben Meter über dem Erdboden zu schweben. Und kaum war sie zu Hause, platzte sie auch schon mit der Neuigkeit heraus.

„Er muß dich sehr gern haben“, sagte Mutsch nachdenklich. „Wahrscheinlich hat er sich immer gewünscht, eine Tochter wie dich zu haben. Statt dessen hat er einen Sohn, der sich nicht um ihn kümmert.“

„Waaas? Herr Tiedjen hat einen Sohn? Das habe ich ja gar nicht gewußt!“

„Du warst noch zu klein damals. Deshalb kannst du nicht wissen, daß er einmal verheiratet war. Mit einer Amerikanerin. Er war noch sehr jung, deshalb ging die Ehe wohl nicht gut. Seiner Frau gefiel es nicht, daß er ständig auf Reisen war und sie hier in Groß-Willmsdorf hockte. Sie sprach noch kein Deutsch und hatte keine Freunde. Dann hat sie wohl von ihm verlangt, daß er das Turnierreiten aufgibt. Na ja, und als er immer weitermachte, war sie eines Tages weg. Mit dem Jungen. Zurückgegangen nach Amerika.“

„Warum ist sie nicht mit ihm gefahren, wenn er zu den Turnieren fuhr?“

„Sie konnte nicht reiten und machte sich nichts aus Pferden. Er hätte so eine Frau niemals heiraten dürfen“, sagte Onkel Paul. „Jedenfalls nicht, wenn er nicht bereit war, das Turnierreiten aufzugeben.“

„Vielleicht wäre es anders gewesen, wenn sie unsere Sprache verstanden hätte. Sie hätte leichter Freunde gefunden. Aber sie kam auch aus einer Großstadt und war das Landleben nicht gewohnt.“

„Er tut mir leid. All die Jahre allein in dem großen Haus ...“, meinte Bille nachdenklich.

„Er hätte ja wieder heiraten können. Aber er wollte wohl nicht – wo er doch immer auf Reisen ist“, sagte Mutsch. „Und jetzt hat er dich – als so ’ne Art Adoptivtochter, stimmt’s?“

„Stört dich der Gedanke?“

Mutsch überlegte.

„Nein. Ich gebe zu, am Anfang“, Mutsch lächelte ein wenig verlegen, „da hab ich manchmal eine Wut gehabt auf ihn. Weil du nur von ihm geschwärmt hast und ich für dich oft gar nicht mehr vorhanden war. Herr Tiedjen und die Pferde, was anderes ging in deinen Kopf nicht mehr rein. Aber damals war auch Onkel Paul noch nicht ...“

„... mit uns verheiratet“, warf Bille ein.

„Ja, und ich war ziemlich allein. Der Laden, die Arbeit, der Haushalt, das war alles, und ...“

„... und nichts fürs Herz!“ Onkel Paul legte den Arm um Mutsch und drückte sie an sich.

„Aber schließlich habe ich mir gesagt“, fuhr Mutsch fort, „wenn das Mädchen wirklich so begabt fürs Reiten ist, einen besseren Lehrer und Förderer kann sie ja gar nicht finden, das ist doch ein reiner Glücksfall! Schon daß du seine Pferde reiten darfst! Und Vati wäre sicher auch sehr zufrieden damit.“

„Das ist gut. Dann kann ich also beruhigt weiter Herrn Tiedjens Adoptivtochter spielen. Er wird schon sehen, was er davon hat, wenn er mit mir französische Grammatik pauken muß.“

Bille hatte das Groß-Willmsdorfer Gutshaus bisher kaum betreten. Sie kannte nur das Büro, das in einem Seitenflügel untergebracht war, die große Eingangshalle mit der dunklen Täfelung an den Wänden und den großen Salon, von dem aus man auf die Terrasse hinausging. Aber im Erdgeschoß befanden sich noch die Bibliothek, das sogenannte Herrenzimmer und zwei weitere Wohnräume. Sie alle waren mit schweren, kostbaren Möbeln ausgestattet, die noch von Herrn Tiedjens Großeltern stammten. Herr Tiedjen betrat die Räume nur, wenn Besuch kam oder ein Fest gefeiert wurde. Er machte sich wenig daraus, in einem Museum zu leben.

Frau Engelke führte Bille die Treppe ins obere Stockwerk hinauf, und nun sah sie, wie Herr Tiedjen wirklich lebte. Das größte der oberen Zimmer, das einen schönen Balkon zum Park besaß, hatte er sich als Wohnraum nach seinem Geschmack eingerichtet. Der Fußboden war mit einfarbig hellem Teppich ausgelegt, die Möbel aus hellem Holz, an den Wänden hingen moderne Bilder. Der bunte Leinenstoff von Gardinen, Sesseln und Couch bildeten einen heiteren Gegensatz zu den großen hellen Flächen. Überall lagen Bücher und Zeitschriften herum, die wenigsten davon hatten mit Pferden zu tun, wie Bille feststellte.

Herr Tiedjen lag auf einer Couch, auf die ein Bett gelegt worden war.

„Erschrick nicht, das hat mir der Arzt verordnet. Es ist nicht sehr bequem, aber es soll meinem Rücken guttun. Ehrlich gesagt, fühlt man sich darauf wie auf einer Folterbank. Aber wenn Frau Engelke den Kakao bringt, werde ich mich für eine Weile von meiner Folterbank erheben."

Bille gab Herrn Tiedjen die Hand und setzte sich neben ihn auf einen Stuhl.

„Was haben wir auf?" fragte er.

„Eine französische Übersetzung, Mathe, Englisch und Geschichte."

„Fein, wir fangen gleich an. Aber erst nimm bitte mal das große Buch dort vom Tisch und schlage es auf!"

„Was ist das?"

„Was ist das? Das Zuchtbuch. Ich möchte, daß du es dir mal genau anschaust."

„Oh, da stehen unsere Pferde drin."

„Unsere Stuten mit ihren Fohlen, ja."

„Jacaranda, hier: erstes Fohlen Janus – das war vor drei Jahren. Zweites Fohlen Jasmin – drittes Fohlen Jacky-Boy."

„Unsere Zucht ist bisher eher bescheiden. Wir haben ein paar sehr gute Tiere, aber ich habe mich nie wirklich um den Aufbau einer Zucht gekümmert. Das möchte ich jetzt ändern, ich möchte mehr System in die ganze Sache bringen, verstehst du?"

„Hm." Bille nickte eifrig und fuhr fort, die Stammbäume ihrer Lieblinge zu studieren.

„Bis jetzt haben wir keinen eigenen Deckhengst. Du erinnerst dich an Patrick, den ich im vergangenen Jahr zugeritten habe und dann zur weiteren Ausbildung für den Galoppsport in ein Gestüt nach Frankreich geschickt habe?"

„Patrick, den schönen Fuchshengst – wie könnte ich den je vergessen. Ein Märchenpferd!"

„Und er entwickelt sich großartig, läuft wie eine Rakete. Den werden wir eines Tages als Deckhengst nach Groß-Willmsdorf zurückholen. Und dann werden wir, je nachdem, was uns der Verkauf unseres Nachwuchses bringt, noch zwei oder drei Stuten dazukaufen. Irrlicht und San Franzisco zeigen gute Anlagen. Wenn sie sich weiter so entwickeln, bringen sie uns ein schönes Stück Geld. Bei Donata müssen wir abwarten, ich hoffe, es läßt sich ein gutes Springpferd aus ihr machen, eine Nachfolgerin für Feodora, wenn sie eines Tages Mutter wird."

Er sagte die ganze Zeit „wir", Bille wurde es ganz warm innerlich.

„Hoffentlich haben wir mit Troja nicht wieder Pech", sagte sie, „und sie bringt uns nächstes Jahr ein gutes Fohlen."

„Ja, und auch Sinfonie. Am meisten Kopfzerbrechen macht mir Iris. Es ist schade um sie als Springpferd, aber sie gerät bei unruhigem Publikum sofort in Panik. Ich werde sie wohl doch ganz auf Zucht abstellen und auf ihren Nachwuchs hoffen."

Frau Engelke kam herein und brachte Kakao und eine gewaltige Erdbeertorte.

„Du lieber Himmel, ist heute Sonntag?" rief Bille aus. „Oder hat jemand Geburtstag?"

„Ach, weißt du, Geschäftsleute halten ihre wichtigsten Konferenzen immer bei einem guten Essen ab", sagte Herr Tiedjen verschmitzt. „Schenk ein!“

Er zog sich von seinem unbequemen Lager hoch und setzte sich aufatmend in einen Sessel. Bille reichte ihm die Tasse und einen Teller mit Kuchen.

„Wir müssen uns intensiver um die Ausbildung Black Arrows kümmern“, sagte Herr Tiedjen nach einer Weile. „Sowie ich wieder ganz gesund bin . . .“, er nahm einen großen Bissen von seiner Torte und kaute hingebungsvoll. „Hm, ist die gut!“

„. . . wollen Sie mit ihm starten“, vollendete Bille seinen Satz.

„Im Gegenteil.“

„Im Gegenteil? Sie wollen ihn doch nicht wieder verkaufen?“ fragte Bille entsetzt.

„Unsinn. Du sollst mit ihm starten – wenn du soweit bist. Ob du dann Zottel mitnimmst oder zu Hause läßt, ist nicht mein Problem. Wahrscheinlich wirst du Black Arrows Maskottchen immer mitschleppen. Schau zu, daß du dir das Geld dafür zusammensiegst. Na ja, bis dahin dauert es schon noch eine Weile. Vielleicht gewöhnen wir ihm den Tick doch noch ab.“

Bille mußte einmal tief durchatmen.

„Vermutlich habe ich mein ‚Maskottchen‘ dann nötiger als er“, sagte sie, und in ihrem Bauch krabbelten tausend Ameisen.

Sternchens heimliche Hochzeit

„Hast du schon gehört? Wir haben einen Heimkehrer!“ empfing Petersen Bille, als sie den Stall betrat.

„Nein, wen?“

„Patrick. Er kommt heute abend mit dem Zug in Neukirchen an. Hat eine schwere Infektion bekommen, da hat der Tierarzt gemeint, ein paar Wochen Erholungsurlaub auf den heimatlichen Weiden würden ihm guttun. Und das, wo er doch dieses Jahr in Hamburg starten sollte!"

„Und was für eine Infektion war das?"

„Eine Verletzung am Bein, einer der Betreuer – war wohl 'n neuer – hat nicht aufgepaßt oder versucht, es zu vertuschen. Sie haben ihn danach gleich gefeuert. Hätte aber böse ausgehen können für unseren Patrick!" Petersen schüttelte mißbilligend den Kopf.

Heute abend also! Bille freute sich auf das Wiedersehen mit dem schönen Hengst wie auf die Heimkehr eines lange verreist gewesenen Familienmitglieds.

„Habt ihr seine Box schon eingerichtet?"

„Klar. Der Chef und Herr Krüger holen ihn ab."

„Gut, dann kümmere ich mich jetzt um Sindbad."

Am nächsten Tag tummelte sich Patrick bereits vergnügt auf der Koppel. Von seiner Krankheit war ihm nichts mehr anzumerken, mit Ausnahme vielleicht, daß er das kranke Bein ein wenig schonte und daß er einiges an Gewicht verloren hatte. Bille stand lange am Gatter und sah dem schönen Tier zu.

Einen Tag darauf schien Patrick bereits etwas zugenommen zu haben, und nach zwei weiteren Tagen nahm Herr Tiedjen ihn bereits an die Longe, um ihn zu bewegen. Bille sah es, als sie mit Zottel auf den Hof ritt.

„Wird das nicht zu anstrengend für ihren Rücken?" rief sie zu ihm hinüber.

„Langsam muß ich ja wieder anfangen. Ich mache gleich mit ihm Schluß, dann werde ich mich ein bißchen ausruhen. In einer Stunde komme ich zu euch in die Reitbahn."

„Okay."

Bille brachte Zottel in den Stall und ging auf die Koppel, um Lohengrin hereinzuholen. Von weitem hörte sie Simon,

Der schöne Hengst Patrick hatte sich so schnell erholt, daß Herr Tiedjen ihn schon an die Longe nehmen konnte

Bettina und Daniel in den Hof reiten.

„Na komm, Dicker, zier dich nicht. Es hilft alles nichts, gearbeitet werden muß doch!“

Bille trieb Lohengrin in eine Ecke und erwischte ihn bei der Mähne. Sofort gab er den Versuch, noch ein wenig mit ihr Fangen zu spielen auf und ließ sich das Halfter überstreifen.

„Hallo, hier steckst du also! Wir haben dich überall gesucht!“ Bettina hielt vor dem Gatter und sprang aus dem Sattel. „Die Jungen schauen Herrn Tiedjen zu, sie bewundern euren Patrick bei der Arbeit.“

„Ein Pferd wie ein Denkmal, nicht wahr?“

„Ja, er ist atemberaubend schön. Da muß doch jeder Stute das Herz höher schlagen.“

Bille hatte Lohengrin das Halfter angelegt und öffnete das Gatter.

„Sag mal, kann ich Sternchen nicht hier draußen lassen? Die Koppel ist doch jetzt frei, und ich komme heute sowieso nicht dran und bin nur Zuschauer.“

„Klar. Nimm ihr den Sattel ab und leg ihn Lohengrin auf den Rücken, er ist Kavalier und wird ihn für dich tragen.“

„Sternchen gefällt mir in den letzten Tagen gar nicht so recht“, klagte Bettina. „Sie ist irgendwie verändert, nervös, unruhig – hoffentlich wird sie nicht krank.“

„Du mußt sie eben sehr genau beobachten. Hat sie Fieber?“

„Habe ich noch nicht gemessen.“

„Das würde ich an deiner Stelle unbedingt tun. Nur zur Beruhigung. Na komm, ich muß meinen Faulpelz hier noch ein bißchen schön machen, bevor der Unterricht losgeht. Du kannst mir ja helfen.“

Bettina hatte Sternchen abgesattelt und gab ihr einen zärtlichen Klaps. Die Stute trabte vergnügt über die Koppel und strebte den schattigen Bäumen am anderen Ende zu, wo das würzigste Gras wuchs und angenehme Kühle herrschte.

„So krank sieht sie gar nicht aus. Ich glaube, du siehst unnötig schwarz, vielleicht hatte sie nur schlechte Laune."

Die beiden Mädchen ließen Sternchen allein und gingen zum Stall hinüber. Auf dem Longierplatz belohnte Herr Tiedjen Patrick gerade mit ein paar Zuckerstücken. Daniel und Simon hatten ihre Pferde im Schatten der Reithalle angebunden und sahen ihm zu.

Bille begann, mit Bettinas Hilfe, Lohengrin zu putzen und zu satteln. Dann ritt sie zur Reitbahn hinüber. Daniel und Simon trabten schon und ritten eine Reihe Figuren.

Herr Tiedjen ruht sich noch einen Augenblick aus", rief Daniel Bille zu. „Wir sollen schon mal anfangen."

„Halbe Stunde wird's dauern", ergänzte Simon.

„Bis dahin hat mich der Dicke geschafft", murmelte Bille und drückte Lohengrin ihre Stiefelabsätze in die Flanken. „Der glaubt, er kann hier seinen Mittagsschlaf halten."

Nach einer knappen halben Stunde kam Herr Tiedjen – er ging jetzt nur noch auf einen Stock gestützt – und nahm in seinem Spezialsessel Platz.

„Heute werden wir uns ein bißchen auf die Dressur konzentrieren", sagte er. „Nun zeigt mir mal, was ihr könnt!" Zu Daniel gewandt fügte er hinzu: „Bist du mit ihm klargekommen?"

„Tadellos", sagte Daniel. „Er hat sich benommen wie ein Herr."

„Er hat einen sehr guten Charakter. Er ist temperamentvoll und kräftig wie ein Elefantenbulle, aber du kannst ihn an einem Seidenfaden lenken. Allerdings nur, wenn er dich mag."

„Aha, du hast Patrick in den Stall bringen dürfen", rief Bille ihm zu. „Das ist eine Ehre!"

„Sogar auf die Koppel. Ich habe mich auch sehr geehrt gefühlt."

„So, meine Lieben, jetzt wollen wir mal ein bißchen am fliegenden Galoppwechsel arbeiten."

Das Training begann, und alle Gedanken waren auf die Arbeit gerichtet. Bettina schaute eine Weile zu, dann schlich sie davon, um sich ein wenig zu sonnen.

Im Park war es still. Ein leichter Wind strich durch die Bäume, die tanzenden Blätter warfen Schattenspiele auf Rasen und Wege. Bettina legte sich ins Gras und blinzelte in die Sonne. Die Wärme machte sie schläfrig. Schon halb im Traum hörte sie noch das leise, zärtliche Wiehern zweier Pferde . . .

Am Schluß des Unterrichts ließ Herr Tiedjen seine drei Schüler Formationsreiten üben. Das erforderte ihre ganze Konzentration. So dauerte es eine ganze Weile, bis Bille bemerkte, daß Bettina ihr heftig zuwinkte.

„Was ist los? Ist was passiert?" fragte sie, als sie an der Freundin vorbeiritt. Bettina nickte heftig.

Bille galoppierte neben Daniel und Simon eine weitere Runde um die Bahn.

„Bitte, komm schnell!" sagte Bettina leise und sah Bille flehend an.

Bille entschuldigte sich bei Herrn Tiedjen und verließ die Reitbahn.

„Was ist denn? Du glühst ja."

„Komm schnell, es ist etwas Furchtbares passiert. Ich muß dir was zeigen!"

Bettina lief voraus, und Bille trabte auf Lohengrin hinter ihr her.

„Binde Lohengrin lieber am Stall an", bat Bettina.

„Du machst es aber spannend. Warum?"

„Das wirst du gleich sehen."

Bettina führte Bille um den Stall herum zu der Koppel, auf der sie Sternchen zurückgelassen hatte. Stumm wies sie zum anderenEnde der Koppel hinüber. Da graste Sternchen stillvergnügt vor sich hin. Und neben ihr Patrick, der Schöne.

„Und deshalb machst du so ein Geschrei? Sie scheinen sich doch zu vertragen. Er wird dein Sternchen schon nicht fressen. Aber wie kommt er hierher, frage ich mich. Na, vielleicht hat Daniel nicht gesehen, daß Sternchen auf der Koppel war und hat ihn ahnungslos hier hereingebracht. Aber deshalb brauchst du dich doch nicht aufzuregen."

„Bille – wie soll ich es dir sagen ...", Bettina schwankte zwischen Lachen und Weinen, sie war offensichtlich ganz aufgewühlt, „... sie – sie haben eben geheiratet!"

„Sie haben ..." Bille blieb vor Erstaunen der Mund offenstehen. Dann brach sie in schallendes Gelächter aus.

„Menschenskind, hast du ein Glück!" sagte sie lachend. „Gratuliere! Wenn alles klappt, bist du in elf Monaten Großmutter und hast das schönste Fohlen von deiner Stute, das du dir wünschen kannst. Und das, ohne einen Pfennig dafür bezahlen zu müssen."

„Du hast gut lachen", sagte Bettina unsicher. „Aber was wird Herr Tiedjen dazu sagen. Wird er nicht wütend sein? Patrick hätte doch auch etwas zustoßen können – wenn sie ausgeschlagen hätte."

Bille überlegte einen Augenblick. Sollten sie Sternchen schnell von der Koppel holen und das Ganze als ihr süßes Geheimnis behandeln? Vielleicht wurde Sternchen gar nicht tragend – dann würde nie ein Mensch etwas davon erfahren. Aber nein, das wäre unehrlich gewesen.

„Komm", sagte sie. „Am besten, wir erledigen das gleich. Je eher daran, desto eher davon, sagt meine Mutter immer. Den Kopf wird es uns schon nicht kosten. Schließlich war es nur ein unglückliches Versehen, daß die beiden auf eine Koppel gekommen sind."

„Du hast recht." Bettina schluckte und atmete einmal tief durch. „Den Kopf wird es uns nicht kosten. Schließlich war es Daniel, der unfreiwillig den Heiratsvermittler gespielt hat."

Ein Streich den Sonntagsreitern

„Was machen Sie denn da?“

„Geht dich das irgendwas an?“

„Wie man’s nimmt.“

Bille stieg vom Fahrrad und trat näher. Der Mann gefiel ihr nicht. Zu seinem weißen, eng taillierten Anzug trug er eine papageienbunte Krawatte, weiße Schuhe mit einem Lochmuster und eine karierte Schirmmütze. Seine Augen verschwanden hinter einer riesigen Sonnenbrille, und im Mundwinkel hing eine ebenso riesige Zigarre.

„Gehört Ihnen der Straßenkreuzer da?“

„Ja. Da gehen dir die Augen über, was? So was kriegst du hier auf dem Dorf sicher nicht oft zu sehen.“

Er lachte selbstgefällig und fuhr fort, auf einen Nagel einzuhämmern, der bereits krumm und schief war. Der Nagel sollte offenbar dazu dienen, eine aus Pappe ausgeschnittene himbeerrote Blume an einem Baum zu befestigen. Das hätte Bille vermutlich nicht weiter gestört, wenn der Baum nicht an der Willmsdorfer Allee gestanden hätte, also zum Besitz Herrn Tiedjens gehörte.

„Wollen Sie mir nicht verraten, was das soll?“

„Nichts für kleine Mädchen wie dich. Es ist für eine Veranstaltung. Ich markiere eine Strecke.“

„Eine Strecke?“

„Ja doch“, sagte der Mann ungeduldig, denn auch der zweite Nagel dachte nicht daran, in der brüchigen Rinde sitzen zu bleiben, „eine Strecke. Für eine Schleppjagd – mehr ein Geländeritt.“

Bille glaubte, nicht recht zu hören. Ob der Mann sich bei

Der Mann gefällt mir nicht,
dachte Bille entsetzt

Herrn Tiedjen die Erlaubnis geholt hatte? Das mußte er wohl, wenn er hier einfach so auf die Bäume einhämmerte. Sie hätte Herrn Tiedjen gern gefragt, aber der war für ein paar Tage zur Untersuchung in ein Krankenhaus gefahren.

„Ein Geländeritt?" fragte sie, als ob sie nicht verstanden hätte.

„Noch nie was davon gehört, wie? Ja, ein Ritt – auf Hottehüs – Pferden – kapiert? Aber ihr hier auf dem Land wißt im Zeitalter der Traktoren ja gar nicht mehr, was ein Pferd ist."

Bille verkniff sich ein Grinsen. Das Gespräch begann ihr Spaß zu machen. Welch glücklicher Zufall, daß sie heute nicht auf Zottel hier vorbeikam. Sie hatte ihn bei Moischele auf der Koppel gelassen.

„Aber Sie verstehen was von Pferden? Ja?“ fragte Bille lauernd. „Wer macht denn den Geländeritt? Ihre Kinder?“

Der Mann sah sie verächtlich an.

„Das ist nichts für Kinder. Nur weil wir Blümchen als Erkennungszeichen nehmen? Ein bißchen Spaß wollen die Erwachsenen ja auch mal haben, oder? Was glaubst du, wer da alles kommt! Die reichsten Leute aus der Stadt sind in unserem Klub Mitglied, wir sind der vornehmste Reitklub im Umkreis von hundert Kilometern, Kleines! (Das hätte er nicht tun dürfen, sie Kleines nennen!) Da kannst du Pferde sehen – eine Augenweide! Und Autos, sagte ich dir! Autos – ein Luxus, das glaubst du gar nicht!“

„So? Und wer macht den – Geländeritt? Die Pferde oder die Autos?“

Der Mann schnaubte verächtlich durch die Nase.

„Das verstehst du grünes Gemüse gar nicht. Das höchste Glück der Erde liegt auf dem Rücken der Pferde!“ röhrte er mit einer gehörigen Portion Bibber in der Stimme. „Aber das ist eben nur wenigen vergönnt.“

„Und Ihnen ist es auch vergönnt?“

„Tja ...“ Der Mann schaute befriedigt auf das himbeerfarbene Blümchen, das sich endlich bequemt hatte, an der Stelle zu bleiben. „Ich bin der Klubwart.“

„Aha. Und wann startet das große Ereignis?“

„Morgen um zehn. Der ‚Krug‘ in Wedenbruck ist Sammelplatz, Start wird dort vorn am Waldrand sein. Ja, da gibt’s was zu gucken für euch Kinder.“

„Warum so spät?“ fragte Bille. „Um zehn wird es doch schon heiß?“

„Hach, Mädchen, was du für Vorstellungen hast. Unsere Klubmitglieder sind nun mal keine Frühaufsteher.“

„Darf ich mal sehen?“ Bille blickte dem Mann über die Schulter, der seinen Plan studierte. „Das nächste Blümchen kommt drüben an die Feldscheune, stimmt's?"

„Gar nicht so dumm, das hätte ich jetzt gar nicht – na, ich muß weiter. Kannst ja morgen beim Start zuschauen kommen. So was sieht man nicht alle Tage!"

„Sicher nicht", sagte Bille und versuchte, ernst zu bleiben. „Danke für die Einladung. Ich komme bestimmt."

Sie konnte es kaum erwarten, die Neuigkeit an die anderen weiterzugeben. Als erster wurde Karlchen eingeweiht, der in der Sattelkammer Zaumzeug und Sättel putzte.

„Hm ...", sagte er und schaute Bille mit schiefgelegtem Kopf listig an. „Das hört sich gut an. Da gibt's bestimmt was zu lachen."

„Vielleicht auch nicht. Möglicherweise sind das alles ganz ausgezeichnete Reiter – und nur der Klubwart ist so ein schräger Typ. Das Auto hättest du sehen müssen!"

„Püh – Herrenreiter!" Karlchen schniefte verächtlich. „Na ja, wir werden ja sehen."

„Was werden wir sehen?"

Bettina, Daniel, Simon und Florian stürmten die Sattelkammer.

„Im schlimmsten Fall einen großen Auftritt. Und wenn wir Glück haben, einen riesigen Jux", sagte Bille und erzählte noch einmal ihr Erlebnis mit dem merkwürdigen Pferdefreund.

Florian schaute erwartungsvoll von einem zum anderen.

„Da muß doch was zu machen sein", sagte er lauernd.

„Auf jeden Fall schauen wir uns die Bande mal an. Wenn sie alle so sind wie der Zigarrenonkel – na, da dürfte uns manches einfallen", sagte Daniel grinsend. „Reiten wir doch die Himbeerblümchen-Strecke mal ab, damit wir im Bilde sind."

„Das haut den stärksten Neger in die Pfanne", flüsterte Karlchen Bille zu, als sie am nächsten Morgen den großen

Auftritt der Reitklub-Mitglieder verfolgten. „Hast du schon mal so viele teure Schlitten auf einem Haufen gesehen?"

„Na, die Pferde sind jedenfalls nicht doll, knapp Mittelmaß. Dafür sind die Sättel um so teurer."

„Tattersall-Pferde", schnaubte Daniel herablassend. „Denen geht doch nach einem Kilometer schon die Puste aus."

Im Krug ging es hoch her. Der Reitklub nahm den Frühschoppen ein. Immer neue Luxuslimousinen fuhren vor. Die Pferde hatte man offenbar bereits am Tage vorher nach Wedenbruck transportiert und hier bei einem Bauern untergestellt.

„Schau dir die an!" Bettina stieß Bille in die Seite.

Aus einem weißen Sportcoupé stieg eine nicht mehr ganz junge Dame mit einer Frisur, als sei sie im Begriff, in die Oper zu gehen. Ihr Reitdreß stammte sichtlich vom teuersten Schneider, und in den Ohren und an jedem Finger blitzte es von Brillanten.

Aus dem „Krug" stürzte ein Herr, den Bettina sofort als „maßgeschneidert" betitelte.

„Das ist der Typ von gestern", flüsterte Bille.

„Ach, Mäxchen!" flötete die Dame, während „Mäxchen" sich galant über ihre Hand beugte. „Wie entzückend das alles ist! Wie romantisch! Ich hoffe, Sie haben uns die Aufgabe nicht zu schwer gemacht? Prinz . . .", sie ging zu dem schweren braunen Wallach hinüber, der direkt neben Bille stand und schlief, „und ich sind keine Gewalttouren gewöhnt. Nicht wahr, mein Kleiner?"

Die Dame tätschelte dem Braunen zärtlich den Hals, so daß der – aus seinen Träumen in die brillantharte Wirklichkeit seiner Herrin zurückgeholt – unwillig schnaubte.

„Aber Gnädigste", der Kavalier sah der Dame neckisch in die Augen, „als ich gestern die Strecke absteckte, habe ich nur an Sie gedacht! Sie werden begeistert sein. Schade, daß der Gatte verhindert ist", sagte er und hängte sich vertraulich bei ihr ein.

„Ja, Liebste! Da sind Sie ja endlich! Wir haben Sie schon so vermißt! Der Doktor erzählt gerade eine seiner entzückenden Geschichten aus Borneo, kommen Sie schnell!"

Die Dame, die jetzt mit weitausholenden Gesten die Neuangekommene in die Gaststube zog, mußte einen schlechtgehenden Kosmetikladen besitzen, daß sie genötigt war, ihre Farben und Tuschen in so großer Menge selbst zu verbrauchen.

„O ja, wundervoll. Außerdem brauche ich dringend etwas zu trinken. Kommen Sie, Mäxchen, leisten Sie uns Gesellschaft."

„Ich dachte, die wären zum Reiten hergekommen?" fragte Simon. „Oder sollte ich mich da verhört haben."

„Denen sollte man ein paar Schaukelpferde unter den Hintern schieben, sie würden den Unterschied gar nicht merken", brummte Bille.

Wieder fuhr ein Auto vor. Diesmal entstieg ihm ein junges Paar, das aussah, als wäre es direkt aus einer Illustrierten-Reklame für den etwas teueren Geschmack gestiegen. Das weibliche Wesen, blond, überschlank und nach einem schweren Parfüm duftend, tätschelte im Vorübergehen Florian die Wange.

„Na, Kleiner? Spannend, mal so viele Pferde aus der Nähe zu sehen, nicht wahr? Und all die Autos ...", und zu ihrem Begleiter gewandt fügte sie hinzu: „Unser Auftritt hier muß für die Landbevölkerung doch eine Sensation sein!"

Florian quollen fast die Augen aus dem Kopf.

„Du wirst heute noch dein blaues Wunder erleben!" zischte er zwischen den Zähnen hinter der Blonden her. „Blöde Kuh!"

„Überanstrenge dich nicht, sie hört es doch nicht", sagte Daniel gleichmütig. „Kommt, Freunde – ans Werk!"

So lange sie in Sichtweite waren, bummelten sie scheinbar gleichgültig davon. Aber dann gab es einen Blitzstart.

Die Pferde hatten sie bei Brodersens auf dem Hof angebunden. Wenige Minuten später galoppierten sie Richtung Willmsdorf davon.

„Letzte Besprechung hinter der Feldscheune!“ rief Daniel den anderen zu. „Habt ihr die Blumen?“

„Ich hab sie“, meldete Bettina. „Hier, in meiner Hosentasche. Und eine Schachtel Reißzwecken.“

„Gut.“

Hinter der Feldscheune hielten sie an. Wenn sie sich ins Dunkel der Scheune zurückzogen, konnten sie von hier aus den Start am Waldrand beobachten, ohne selbst gesehen zu werden.

„Ich habe mich mit dem Pferdebetreuer unterhalten“, berichtete Daniel. „Sie starten nicht alle auf einmal, sondern in kleinen Gruppen. Das begünstigt unseren Plan. Wir verteilen uns also überall auf der Strecke und verändern sie. Die Hindernisse ein bißchen höher, Waldwege mit dichterem Gebüsch und so weiter. In der Mitte bauen wir einen Kreis ein. Wenn sie durch den Tannenforst durch sind, steckt ihr die Blumen so, daß sie mindestens noch dreimal an dieser Stelle vorbeikommen, also immer im Kreis reiten. Und von da aus lassen wir dann jede Gruppe in eine andere Richtung reiten – in alle vier Himmelsrichtungen auseinander. Alles klar?“

„Klar.“

„Okay.“

„Können wir die Pferde nicht noch ein bißchen in Schwung bringen?“ fragte Florian. „Ich meine, wenn einer da so müde daherkommt, scharf an ihm vorbeiziehen, daß sein Gaul gleich Lust bekommt, mitzurennen.“

„Das überlasse ich euch. Also – an die Arbeit. Wir haben nicht viel Zeit. Einer bleibt hier und beobachtet den Start.“

„Das wollte doch Karlchen tun.“

„Da kommt er schon, das ist sein Moped.“

„Okay, wir reiten schon mal los“, sagte Simon.

„Halt – die Blumen!" Bettina zog die gefälschten rosa Pappblumen aus der Hosentasche und verteilte Reißzwecken.

„Bis dann!"

Sie galoppierten in alle Richtungen davon, und Karlchen zog sich in die Scheune auf seinen Beobachtungsposten zurück.

Die Strecke war sieben Kilometer lang, sie führte über Feld- und Waldwege an den hübschesten Stellen vorbei, die die Landschaft zu bieten hatte. Hin und wieder war ein kleiner Graben zu überspringen, ein niedriges Gebüsch oder ein umgestürzter Baumstamm. Einmal ging es eine kleine Anhöhe hinauf und auf der anderen Seite wieder hinunter – das war das Äußerste an Schwierigkeiten, was von den Reitern verlangt wurde.

Bille und ihre Freunde hatten die Strecke unter sich aufgeteilt. Jeder von ihnen betreute einen Teilbereich und mußte sich für diesen möglichst viel einfallen lassen. Am Ziel – einem Schloßrestaurant, wo auf die Mitglieder des Reitklubs ein exquisites Mahl wartete – wollten sie sich treffen, um aus sicherer Entfernung zu beobachten, wie viele der Teilnehmer am Schluß noch übrig waren.

Simon hatte den Teil der Strecke übernommen, der kurzfristig zum Kreisverkehr umfunktioniert werden sollte. Bille und Daniel kümmerten sich um die Strecken danach.

Wichtig war, wenn eine Gruppe den Kreis hinter sich gebracht hatte, für die nächste Gruppe blitzschnell eine andere Fährte zu legen. Bille entschloß sich, die erste Gruppe nach Leesten zu schicken – auf einer Strecke, die gespickt war mit Koppelgattern, die zu öffnen und zu schließen waren, mit Gräben, die man überspringen – oder durchwaten mußte, wenn man Lust auf nasse Füße verspürte – und mit einer Reihe natürlicher Hindernisse, die den Reitern keine schweren Stürze, aber doch vielleicht ein kleines Schlammbad einbringen würden.

Die zweite Gruppe wurde nach Peershof geleitet. Ein paar selbsthergestellte Hinweisschilder sollte die Gruppe in dem Glauben lassen, bei Peershof handele es sich um das angestrebte Ziel, an dem das Festessen auf die Teilnehmer wartete.

Die dritte Gruppe würde dem Sägewerk einen Besuch abstatten und sich unversehens einem höchst unfreundlichen und reiterfeindlichen Sägewerksbesitzer gegenüberfinden.

„Und die vierte Gruppe schicke ich in den Schweinestall von Groß-Willmsdorf", sagte Bille laut.

Daniel hatte die Strecken nach Leesten und ins Sägewerk abgesteckt und blieb am Endpunkt des „Kreisverkehrs" in einem sicheren Versteck, um die Blümchen – nachdem eine Gruppe die Stelle passiert hatte – für die nächste Fährte umzustecken.

Aus der Ferne hörte man lautes Gejohle und ein wildes Hupkonzert. Die Gesellschaft begab sich per Auto die zweihundert Meter zum Start, wohin inzwischen die Pferde übergeführt worden waren. Es bedurfte Karlchens Zeichen mit der Trillerpfeife gar nicht mehr, um die Fährtenleger auf den bevorstehenden Beginn der Veranstaltung aufmerksam zu machen.

„Warum machen sie ihre Schleppjagd nicht gleich im Auto?" knurrte Florian, der die erste Strecke betreut hatte. Am Anfang wollte man die Reiter noch nicht allzusehr erschrecken, damit sie nicht womöglich umkehrten. So hatte Florian sich darauf beschränkt, den Weg mit Barrieren aus trockenen Zweigen, Strohballen und Brettern etwas mühsamer zu gestalten. Und da er ja die Reiter und nicht die Pferde erschrecken wollte, hatte er einen Teil der Strecke durch einen Waldweg laufen lassen, der besondes dicht bewachsen war, so daß die Reiter mit ihren Köpfen unweigerlich die Zweige berühren mußten. Und um die Wirkung zu erhöhen, hatte er die Zweige dicht mit Mehl bestäubt.

Bettina erwartete die Reiter am Anfang ihrer Strecke mit einer schauerlich hergerichteten Vogelscheuche, die hinter einem Baum lauerte und vom Wind hin und her bewegt wurde. An einer anderen Stelle kam das Brüllen eines Löwen von einem versteckten Tonband. Beides hatten sie am Abend vorher unter viel Gelächter zusammengebastelt, ebenso wie sie den ausgestopften Elchkopf aus dem Jagdzimmer in Peershof entführt und in den Wald geschafft hatten. Hier glotzte er jetzt mit seinen Glasaugen böse aus einem Gebüsch auf die um die Ecke biegenden Reiter in einer Höhe, die auf ein Körpermaß von fast drei Metern schließen ließ.

Die Vorbereitungen waren getan, nur Bille malte in aller Eile noch ein Schild „Restaurant zum fröhlichen Landmann“, das sie an der Schweinestalltür anbrachte.

Die ersten Reiter waren auf der Strecke. Die vom Alkohol beschwingten fröhlichen Gespräche verstummten bald, jeder war nur noch mit sich und seinem Pferd beschäftigt. Die ersten Seufzer und verhaltenen Flüche wurden hörbar. Florian lachte glucksend in sich hinein und hatte Mühe, sich in seinem Versteck ruhig zu halten. Er wartete auf den Auftritt der blonden Dame, der würde er ein bißchen einheizen!

„Huch! O Gott, ich bin erschrocken!“ kreischte eine weibliche Stimme.

Sie hatten also die Grenze zu Bettinas Bereich passiert. Bettina wartete versteckt in einem Baum, den Finger auf dem Wiedergabeknopf des Tonbandgerätes.

„Was blüht denn hier Eigenartiges? Ich bin ganz voller Blütenstaub“, hörte Florian eine ärgerliche Männerstimme. „Mein Jackett ist ruiniert – und es ist ganz neu!“

„Es war neu“, verbesserte Florian leise. „Aber Mehl ruiniert nichts, keine Sorge.“

Die ersten Reiter waren in Bettinas Sichtweite angekommen. Bettina drückte den Schalter und ließ das gefährliche Knurren langsam anschwellen bis zum markerschütternden Gebrüll. Das Pferd eines fetten Reiters stemmte die Beine gegen den Boden und setzte sich aufs Hinterteil. Der Reiter rutschte aus dem Sattel wie ein Butterklumpen von einem Berg Kartoffelbrei. Der Rappe des nächsten Reiters bäumte sich auf und entschloß sich zur Flucht – ohne seinen Reiter verständlicherweise. Den sollte ruhig der Löwe fressen.

Bettina schaltete das Tonband ab. Wenn sie so weitermachte, kam keiner der Reiter weiter als bis zu dieser Stelle, und das hätten die anderen ihr sicher übelgenommen. Sie wollten schließlich auch etwas von der Veranstaltung haben. Also weidete sie sich zunächst einmal an den wilden Erzählungen der beiden aus dem Sattel geworfenen Helden und den mitleidig-ungläubigen Gesichtern der nachfolgenden Reiter. Der nächsten Gruppe würde sie wieder einen Löwen bescheren.

Florian hatte inzwischen sein Opfer ausgemacht. Da ritt sie – als letzte der zweiten Gruppe. Verträumt ließ sie ihr blondes Haar im Wind wehen und summte leise vor sich hin. Die Reitkappe hatte sie unter den Arm geklemmt.

„Na warte!“ flüsterte Florian.

Er schlich zu Bongo, den er etwas entfernt an einen Baum gebunden hatte, und sprang in den Sattel. In sicherer Entfernung folgte er der blonden Schönen. Als sie aus dem Wald heraus und an einen Kartoffelacker kamen, trieb er Bongo in einen scharfen Galopp und setzte zum Angriff an.

„He, kennen wir uns nicht?“ rief er und gab dem Pferd der Blonden einen aufmunternden Klaps mit der Reitgerte.

Die Blonde quiekte wie ein angestochenes Ferkel, als ihre Stute mit ihr davongaloppierte, mitten in den Kartoffelacker hinein. Florian sah, wie sie nach dem linken Steigbügel angelte,

Die ersten Reiter waren in Sichtweite, und schon ließ Bettina das markerschütternde Gebrüll erschallen

den sie vor Schreck verloren hatte. Ein paar Meter weiter und sie rollte durch das saftig-feuchte Feld. Florian ritt heran und betrachtete sie voller Wohlwollen.

„Was willst du?“ zischte die Blonde und rieb sich ihr Gesicht, wobei sie den Dreck gleichmäßig über Wangen und Stirn verteilte.

„Ein Autogramm von Ihnen“, antwortete Florian fröhlich. „Mit einem Foto von Ihnen natürlich – so wie Sie jetzt aussehen!“

Ganz ähnliche Gefühle, wie sie Florian gegenüber der Blonden gehegt hatte, erfüllten Bille, wenn sie an den flotten Klubwart dachte. Und auch für Bille kam der Augenblick der Rache.

Der Klubwart „Mäxchen“ ritt als Schlußlicht der letzten Gruppe. Wenn er nur einigermaßen seinen Grips beisammen hatte nach dem ausgiebigen Frühschoppen, dann mußte ihm schnell klarwerden, daß die Strecke verändert worden war. Aber was würde er dann tun?

„Mäxchen“ war nicht das, was man als einen begnadeten Reiter bezeichnen konnte. Genauer gesagt, er war überhaupt keiner, aber seine Eitelkeit erlaubte ihm nicht, das zuzugeben. So hatte er es von vornherein so einzurichten gewußt, daß er als letzter ritt und alle Hindernisse umgehen konnte. Außerdem hatte er sich schon eine bequeme Abkürzung zurechtgelegt.

Das nützte ihm allerdings wenig. Denn die flotte Fünfzigerin, die er beim Frühschoppen allzusehr mit Komplimenten überschüttet hatte, ließ ihn nun nicht mehr aus den Klauen. Sie schnatterte auf ihn ein, daß ihm bald der Schädel brummte. An ein Ausweichen war nicht zu denken. Und sie redete so viel, daß ihnen nicht einmal auffiel, daß sie nun schon die dritte Runde in dem Tannenwäldchen drehten.

Hinter ihnen sprang Daniel aus seinem Versteck und markierte den weiteren Verlauf der Strecke. Route IV – Endstation Schweinestall.

„Moment mal, waren wir hier nicht schon?" fragte „Mäxchen" schließlich irritiert.

„Unsinn, diese Bäume sehen doch alle gleich aus. – Also, da sagte meine Schwägerin zu dem Pianisten ..."

„Entschuldigen Sie, Gnädigste, aber ich bin ganz sicher, wir müßten hier rechts abbiegen", unterbrach der flotte Klubwart sie.

„Ach was, die Markierungen führen nach links, Sie haben das sicher nur verwechselt."

Die Dame plapperte weiter, und „Mäxchen" bog gehorsam mit ihr in den linken Weg ein.

Ein paar hundert Meter weiter wartete Bille. Sie hatte sich für dieses Unternehmen Daniels Schimmel Asterix ausgeliehen.

„Sieh da, mein großer Freund von gestern!" rief Bille scheinheilig aus. „Nun, ist der Geländeritt zur Zufriedenheit Ihrer Klubmitglieder ausgefallen?"

Dem Klubwart „Mäxchen" klappte der Unterkiefer herunter, als er Bille auf dem riesigen Schimmel sah. Er grinste verlegen.

„Entschuldigen Sie", Bille wandte sich an die Frau, „wenn ich mich Ihnen so einfach anschließe. Aber der Herr hier hat mir so von Ihrem Reitklub vorgeschwärmt und mich eingeladen, an der heutigen Veranstaltung als Zuschauer teilzunehmen. Zu Fuß ginge das natürlich schlecht ..."

„Selbstverständlich, mein Kind, es ist nett, daß du uns begleitest. Du reitest hier draußen sicher sehr viel?"

„Es geht. Drei bis vier Stunden täglich – wenn es die Schule erlaubt. In den Ferien natürlich mehr."

„Herrlich!" schwärmte die Dame.

„Ja, das finde ich auch. Nun, Herr Max, wie wär's zur Erfrischung mit einem kleinen Jagdgalopp?"

Bille drängte Asterix dicht an die Stute des Klubwarts heran und kitzelte sie am Bauch. Dann gab sie Asterix die Zügel frei und preschte los. Ehe „Mäxchen“ sich versah, ging seine Stute mit. Er konnte sich gerade noch am Sattel festklammern, da setzte sie bereits – gleichzeitig mit Asterix – über den nächsten Graben. Hilflos wie ein Gummiball auf den Wellen hüpfte der Klubwart im Sattel auf und nieder. Jetzt ging es einen Hohlweg entlang, an dessen Ende Bille einen Oxer aufgestellt hatte. Die Stute schien das nicht zu stören, um so mehr ihren Herrn.

„Neeeiiiin!“ schrie der Klubwart. Hilfe! Nicht doch! Anhalten! Nicht so schnell! Ich ha – ich ha – be – be meinen Steigbügel verloren, ich – oh . . .“

Und da hing er auch schon über dem Oxer wie ein zum Trocknen ausgebreiteter Badezimmerteppich. Asterix und die Stute verschwanden in einer Staubwolke am Horizont.

„Mein Gott, Mäxchen, Sie haben sich doch nicht weh getan? Wie konnte das passieren?“ kreischte die Dame.

Der Klubwart stieg ächzend aus den Trümmern des Oxers und klopfte sich die Hosen ab. Über ihm tauchte der große Schädel des Schimmels und darüber das strahlende Gesicht Billes auf.

„Nanu? Ich dachte Sie können reiten?“ sagte Bille liebenswürdig.

„Ja, das dachte ich auch“, stellte die Dame, merklich kühler geworden, fest. „Und bei so etwas nehme ich teure Privatstunden. Und vertraue mich ihm auf einem Geländeritt an. Wenn mir nun etwas zugestoßen wäre? Unverantwortlich!“

„Er gibt Unterricht?“ fragte Bille ehrlich entsetzt.

„Ja, es ist wirklich die Höhe“, schnaufte die Dame und sprang aus dem Sattel. „Wo ist hier das nächste Telefon? Ich fahre sofort nach Hause.“

„Im Gutsbüro von Groß-Willmsdorf können Sie telefonieren“, sagte Bille. „Kann ich Ihnen behilflich sein?“

„Danke, ich will nur meinen Mann anrufen. Er soll mich sofort hier abholen. Dieser windige Reitklub hat mich zum letztenmal gesehen!" Wütend stiefelte sie von dannen.

„Ich nehme an, Sie wollen das Pferd der Dame mit nach Wedenbruck nehmen?" frage Bille den Klubwart.

„Ich denke ja gar nicht daran", bellte der und stiefelte in die andere Richtung davon. „Sollen die Gäule doch bleiben, wo der Pfeffer wächst!"

Herzklopfen beim ersten Turnier

Die bunten Wimpel knatterten im Wind, daß es einem in den Ohren weh tat, Sturmböen trieben zerknülltes Papier und Pappbecher vor sich her. Von der Würstchenbude kamen Schwaden von Fettdunst und Kaffeeduft herüber. Bille drehte sich der Magen um.

Auf dem Abreiteplatz herrschte Hochbetrieb. Bille kam sich vor, als müsse sie einen hochbepackten Einkaufswagen durch die überfüllten Gänge eines Kaufhauses schieben, immer wieder mußte sie abbremsen und ausweichen.

Lohengrin tat widerwillig, was sie von ihm verlangte. Schon lange war er nicht mehr so stur und lustlos erschienen wie heute, es war zum Verzweifeln! Warum hatte sie sich bloß zu diesem Turnier gemeldet! Jetzt kam es ihr wie ein unbegreiflicher Hochmut, eine Selbstüberschätzung ohnegleichen vor!

„Startnummer neunundzwanzig – Elmar Frederichs auf Feuervogel", kündigte der Lautsprecher an.

Noch elf Reiter vor ihr! Und bis jetzt war keiner ohne Fehler über den Parcours gekommen. Wie sollte *sie* es dann schaffen? Gewiß, es war eine ganze Reihe schlechterer Reiter anwesend, manche schienen sich überhaupt keine Gedanken zu machen, wenn sie sich zu so einem Turnier anmeldeten. Aber das war kein Trost.

Hin und her flogen die Zurufe. Neckereien, Glückwünsche, Ratschläge – die schienen sich alle hier zu kennen, sie waren wie eine große Familie. Nun ja, der Reitverein Neukirchen hatte viele Mitglieder. Bille fühlte sich scheußlich einsam.

„Startnummer neunundzwanzig zwölf Fehler ...“

Das Publikum klatschte freundlich. Die Zuschauerreihen waren dicht besetzt. Sonnenschein und eine frische Brise dazu, das war genau das Wetter, das die Leute auf den Turnierplatz lockte, die Veranstalter konnten sich freuen.

„Nein! Ist das nicht der alte Lohengrin?“ hörte Bille eine Männerstimme sagen.

„Klar. Wußtest du das nicht? Eine Schülerin von Tiedjen!“

„Muß ich mir unbedingt ansehen, die Kleine.“

Bille kam sich vor wie eine Ware. Ein Stück Stoff auf einem Ladentisch, das auf Qualität, Farbe, Haltbarkeit und Waschfestigkeit geprüft wird.

War es nicht das, was sie sich immer so gewünscht hatte? Die Atmosphäre auf dem Turnierplatz? Musik, Fahnen, Applaus? Und Leute, die mit dem Finger auf sie zeigten. „Ist das nicht die berühmte ...? Sie konnte es nicht mehr begreifen.

Simon hatte es gut, der war schon drangewesen. Acht Fehler. Daniel kam gleich nach ihr; hin und wieder warfen sie sich einen Blick zu, schnitten eine Grimasse. Hier war jeder allein.

Sie hatte sich den Parcours genau eingeprägt – aber jetzt hatte sie ein Gefühl, als wäre ihr Schädel ein ausgehöhlter Kürbis, kein Gedanke schien mehr darin zu sein, nichts als ein wildes, beklemmendes Rauschen. Noch heute morgen beim Training war sie ganz zuversichtlich gewesen, sie hatte zwar nicht auf einen Sieg gehofft, aber doch damit gerechnet, ganz ordentlich abzuschneiden. Jetzt kam ihr das einfach unmöglich vor, undenkbar, vor all diesen Menschen – vor diesen Hunderten von Augenpaaren – in den Parcours einzureiten und an den Start zu gehen! Ich werde runterfallen wie ein Mehlsack, dachte sie, beim Grüßen wird mir die Reitkappe vom Kopf fallen! Ich werde die Steigbügel verlieren oder in den Wassergraben fallen! Sie werden sich über mich totlachen.

Ich darf mich nicht verrückt machen, dachte Bille. Nur an das denken, was Tiedjen mir beigebracht hat! Ja, was eigentlich? Alles schien sich in Nebel aufgelöst zu haben.

„Na, wie stets? Du bist ein bißchen käsig um die Nase?" Herr Tiedjen war vom Turnierplatz herübergekommen, um nach seinen Schützlingen zu sehen.

Bille zuckte hilflos mit den Achseln.

„Mir ist auch käsig." Sie lächelte gequält. „Wissen Sie nicht ein gutes Mittel gegen Lampenfieber?"

„Ein sehr gutes. Du hast es bei dir, du weißt es nur noch nicht."

Herr Tiedjen ging zu Daniel hinüber, um ihn davor zu warnen, Asterix beim Abreiten zu sehr zu ermüden. Bille schaute ihm ratlos nach.

Noch vier Reiter vor ihr. Sollte sie weiter versuchen, Lohengrin in Schwung zu bringen? Es hatte ja doch keinen Sinn. Bille sprang aus dem Sattel und zog sich unter einen Baum zurück. Ihr Magen krampfte sich zusammen, ihre Knie waren weich wie nasse Schwämme.

Herr Tiedjen kam noch einmal, um ihr letzte Ratschläge zu geben. Sie starrte ihn an und war unfähig, in sich aufzunehmen, was er sagte.

Wenn er mich jetzt in die Arme nimmt, fange ich an zu heulen, dachte sie. Aber er mußte ihre Gedanken erraten haben. Er nickte ihr noch einmal zu und schlug ihr kräftig auf die Schulter.

Der junge Mann, der vor ihr an die Reihe kam, ging an den Start. Bille prüfte noch einmal den Sitz des Sattels und der Gurte. Lohengrin schien zu schlafen.

Sie hatte Mühe, in den Sattel zu kommen, so übel war ihr. Krampfhaft versuchte sie sich an alles zu erinnern, was sie gelernt hatte. Noch einmal ging sie in Gedanken den Parcours durch. Da!

„Christian Schröder auf Pollux – 4 Fehler."

Das Rauschen in ihren Ohren nahm zu. Hatte der Lautsprecher etwas gesagt? Ein Platzhelfer winkte ihr heftig zu, sie solle einreiten. Dieser bunte Teppich aus Köpfen – irgendwo dazwischen Mutsch und Onkel Paul, Bettina, Florian und Ehepaar Henrichs. Und alle anderen, die Klassenkameraden, die Wedenbrucker . . .

Die Richter – wo waren die Richter? Natürlich dort. Bille grüßte steif. Dann trabte sie an den Start. Zügel zurechtlegen – aber ihre Finger waren kalt, gefühllos, wie gefroren.

Da – das Startzeichen. So schnell? Sie hatte doch noch gar nicht – da war das erste Hindernis. Lohengrin setzte zum Sprung an und war hinüber, ehe es Bille begriffen hatte.

„Danke!" keuchte Bille und biß die Zähne zusammen. Sie hatte das Gefühl, in einem riesigen Nebelsee zu schwimmen.

Die Mauer – zwei, drei Galoppsprünge noch – Lohengrin nahm genau Maß und setzte spielerisch hinüber. Jetzt das Birkenrick, Lohengrin übersprang es, als sei es gar nicht vorhanden. Die dreifache Kombination – kein Fehler!

Bille war es, als zöge jemand einen Schleier vor ihren Augen weg. Was hatte Herr Tiedjen vorhin gesagt? Das beste Mittel gegen Lampenfieber hast du bei dir! Natürlich! Lohengrin – den sie um keinen Preis hatte reiten wollen! Und der sie jetzt behutsam wie ein Wickelkind über die Hürden trug, ohne auch nur mit dem Huf anzutippen! Der pfiffige Profi Lohengrin, erfahren wie ein altes Schlachtroß, der seine Kräfte bis zum entscheidenden Augenblick schonte und dann unbeirrbar seine Aufgabe erfüllte.

Bis jetzt hatte sie lediglich versucht, ihr Pferd so wenig wie möglich zu stören. Nun war sie bemüht, wenigstens etwas von dem zu zeigen, was sie gelernt hatte. Aber was konnte sie schon? Lohengrin siegte – auch ohne ihre Hilfe.

Das letzte Hindernis lag hinter ihnen. Brausender Beifall rauschte auf. Lohengrin verfiel sofort in seinen Droschkengaulschritt und ließ den Kopf schläfrig hängen. Bille klopfte ihm überschwenglich den Hals.

„Bravo!“ rief Daniel ihr zu, als sie die Bahn verließ.

Herr Tiedjen nahm Lohengrin am Zügel und führte ihn aus dem Gewühl, hinüber zum Stall der Reitschule. Bille sprang aus dem Sattel.

„Lohengrin hat gesiegt“, ihre Stimme klang sehr klein. Sie versteckte ihr Gesicht am Hals des großen Fuchses und schluchzte hemmungslos.

Herr Tiedjen strich ihr eine Weile schweigend über die Schulter. Dann schob er ihr sein Taschentuch unter die Nase. Bille schneuzte sich heftig.

„Na? Besser?“

Bille nickte.

„Das nächste Mal ist es nur noch halb so schlimm. Man gewöhnt sich daran.“

„Ich schäme mich so“, sagte Bille, und ihre Stimme drohte wieder umzukippen. „Sie hätten genausogut eine Schaufensterpuppe auf seinem Rücken festbinden können. Ich war überhaupt nicht da!“

„Das ist nicht wahr, du glaubst es bloß. In Wirklichkeit hast du automatisch alles so gemacht, wie du es monatelang trainiert hast. Denkst du beim Essen daran, wie du Messer und Gabel hältst? Nein. Du machst es automatisch richtig, auch wenn du mit deinen Gedanken ganz woanders bist. Der Vergleich hinkt natürlich. Ich wollte dir daran nur erklären, wie gründlich eingeübte Verhaltensweisen auch funktionieren, wenn man sie nur mechanisch vollzieht."

„Aber das kann man doch beim Reiten nicht sagen?"

„Nur in gewisser Weise, das ist klar. Woran hast du übrigens gedacht? An deine Angst? An das Publikum? Daran, daß du siegen willst?"

„Nein. An Lohengrin! Ihn nicht zu behindern, es ihm nicht noch schwerer zu machen . . ."

„Na siehst du. Weshalb machst du dir dann Vorwürfe?"

„Ich weiß nicht. Ich habe nie für möglich gehalten, daß mir so restlos alle Felle davonschwimmen könnten – ich hab mir das immer ganz anders vorgestellt . . ."

„Hm, Bille Abromeit, konzentriert, gespannt wie eine Feder, jeder Augenblick Herr ihres Pferdes, das ihr auf den leisesten Wink gehorcht . . ."

Bille mußte lachen.

„So ungefähr."

„Laß nur. Es ist ganz gut, wenn wir mal mit der Nase auf unsere eigenen Grenzen gestoßen werden. Es hilft uns mehr, als wenn uns das Glück alles so einfach in den Schoß fallen läßt."

„Bille! Bille, wo bleibst du denn? Alle warten auf dich!" Bettina und Daniel kamen atemlos herangerannt. „Wir haben dich schon überall gesucht!"

„Was ist los? Hat das Stechen schon angefangen?"

„Welches Stechen? Wovon redest du?"

„Gibt es denn keins?"

„Ach wo, du hast den einzigen Null-Fehler-Ritt! Nach dir kommt ein junger Mann aus Neukirchen, und den dritten Platz hat Simon belegt. Daniel hatte Pech, Asterix hat an der dreifachen Kombination zweimal verweigert", berichtete Bettina.

„Das – das ist ungerecht“, stammelte Bille.

„Wieso? Du bist doch phantastisch geritten!“

„Unsinn. Lohengrin hat mich phantastisch über die Hindernisse getragen, das war's!“

„Also, mir kommen gleich die Tränen“, sagte Daniel trocken. „Schließlich haben wir dich ja reiten sehen, oder?“

„Na kommt, wir wollen die Leute nicht noch länger warten lassen“, trieb Herr Tiedjen seine Schüler an. „Reden könnt ihr nachher noch genug.“

Als Bille dann ihre Ehrenrunde galoppierte, den ersten Preis hoch über ihren Kopf haltend, und der Applaus von allen Seiten heranbrandete, begann sie sich doch noch zu freuen. Vielleicht war sie wirklich nicht so schlecht geritten? Jedenfalls war es schön, all die Gratulationen und Zurufe zu hören. Der Fotograf des Stadtanzeigers machte ein Foto von ihr und Lohengrin, dann noch eines von ihr mit Herrn Tiedjen und schließlich nahm er Herrn Tiedjen inmitten seiner Schüler auf.

Bille mußte die ersten Autogramme ihres Lebens geben und von allen Seiten wurde sie gefragt, ob sie vielleicht irgendwelche Wünsche hätte, etwas zu essen oder zu trinken, ein Eis oder eine Tafel Schokolade?

Mutsch und Onkel Paul kamen von der Tribüne und umarmten sie.

„Das war doch ein schöner Lohn für all die harte Arbeit im Stall und beim Training“, sagte Onkel Paul gerührt.

Und Mutsch drückte sie immer wieder an sich und flüsterte: „Ich hab's ja gewußt, ich hab's gewußt, daß du es schaffen würdest! Ich bin stolz auf dich!“

Der Reitverein Neukirchen veranstaltete am Abend einen Ball, und der erste Vorsitzende hielt eine Rede auf den Nachwuchs im allgemeinen und auf Bille Abromeit im besonderen.

Bille mußte von Tisch zu Tisch gehen und immer wieder die gleichen Fragen beantworten. Junge Reiter und Reiterinnen aus dem Neukirchener Verein drängten sich an ihre Seite, um ein wenig von ihrem Glanz mitzubekommen.

Das Festessen schmeckte herrlich, nachdem die Spannung gewichen war. Tagelang hatte sie keinen Appetit gehabt – aber jetzt! Sie hätte bis an ihr Lebensende durchessen können.

Später wurde getanzt und Bowle getrunken. Herr Tiedjen eröffnete mit Bille den Tanz.

„Eine Polka bitte, darin sind wir zwei besonders gut!" rief er der Kapelle zu. Dann nahm er Bille bei der Hand und sagte lächelnd: „Weißt du noch? Voriges Jahr beim Erntefest? Es war übrigens der einzige Grund, warum ich gern eine Tochter gehabt hätte: damit ich später mal mit ihr tanzen gehen kann."

Bille blinzelte übermütig zu ihm hinauf.

„Jetzt haben Sie ja mich."

„Ja, jetzt habe ich dich."

Es wurde spät.

„Wie gut, daß morgen Sonntag ist", sagte Mutsch, „morgen wird ausgeschlafen!"

„Wenn ich überhaupt kann", sagte Bille und gähnte herzhaft.

Sie konnte. Sie schlief bis neun Uhr durch, und als sie dann zum Frühstück kam, hörte sie Tuscheln, Trappeln und das Rascheln von Papier.

„Wir frühstücken heute im Garten!" rief Mutsch.

„Herzlichen Glückwunsch, liebe Bille", dröhnte ein verzerrter Baß von einem Tonband.

Neben dem Frühstückstisch standen Zottel und Moischele. Zottel hatte einen Blumenstrauß im Maul, den er gerade zu verzehren begann – und Moischele ein Band, an dem eine große Schachtel Pralinen hing.

„Danke, meine beiden Lieblinge." Bille rettete den Blumenstrauß und befreite Moischele von dem Band, das ihm sichtlich Unbehagen bereitete. „Wie nett von euch, mir zu gratulieren!" Bille gab jedem von ihnen einen zarten Kuß auf die Stirn und belohnte sie mit einer Handvoll Zuckerstücke. Dann setzte sie sich an den Frühstückstisch, in dessen Mitte eine große Torte prangte.

„Die hat Mutsch heute früh extra gebacken“, sagte Onkel Paul und tätschelte Mutsch die Hand.

„Ach, Mutsch, du bist ein Schatz! Du weißt gar nicht, was für einen Appetit auf Kuchen ich habe. Ich muß ewig nichts gegessen haben.“ Bille schnitt sich ein großes Stück von der Torte ab und biß heißhungrig hinein. „Übrigens . . .“, sagte sie kauend, „ich wußte gar nicht, daß wir ein Tonbandgerät haben?“

„Das“, jetzt tätschelte Mutsch Onkel Paul die Hand, „hat Onkel Paul heute früh besorgt. Er hat den Radio-Händler extra deswegen aus dem Bett geholt. Es ist für dich.“

„Falls du mal wieder eine Pferde-Show aufführen möchtest“, fügte Onkel Paul hinzu.

Als Bille am Montag nachmittag in den Stall kam, steckte an Lohengrins Box die neue Rosette. Und darunter, auf Pappe aufgeklebt, ein Zeitungsartikel. Jemand hatte mit Rotstift an den Rand geschrieben „Für Bille“. Bille glaubte, Herrn Tiedjens Handschrift zu erkennen.

„Tja – wenn man berühmt wird . . .“, sagte Hubert, der in der Box gegenüber frische Streu ausbreitete.

Bille wurde rot.

„Berühmt! So ’n Quatsch. Sag das bloß nicht noch mal!“

„Wieso – findest du das nicht schön?“

„Nein. Denn erstens bin ich nicht berühmt – noch lange nicht –, und zweitens mag ich so was nicht hören!“

„Schon gut, schon gut. Hab’s ja nicht böse gemeint.“

„Weiß ich. Entschuldige.“

Bille steckte den Zeitungsartikel wieder zurück. Wenn Hubert glaubte, nur weil jemand ihren Namen in der Zeitung erwähnte, wäre sie schon berühmt, dann wollte sie den Artikel gar nicht lesen.

Bille ging zu Lohengrin hinein und sagte einige freundliche Worte zu ihm. Irgendwie hatte sie das Gefühl, sie verstünden sich jetzt besser – oder war es nur sie, die Lohengrin besser verstand?

„Ich komm gleich wieder zu dir. Will nur schnell nach unseren Kindern sehen. Nachher geht's wieder an die Arbeit, mein Lieber!"

Der Regen peitschte an die Scheiben. Bei dem unfreundlichen Wetter waren die Stuten mit ihren Kindern im Stall. Der kleine Sindbad kam sofort angesprungen, als Bille an die Box kam.

Bille nahm das Fohlenhalfter vom Haken und legte es Sindbad um.

„Ich bewege ihn ein bißchen!" rief sie zu Hubert und Petersen hinüber. „Komm mein Kleiner!"

Sindbad ging willig mit. Bille legte ihm eine Decke über und führte ihn zur großen Scheune hinüber, die weit offen stand. Auf dem festgestampften Erdboden im Schutz des Scheunendachs konnte er wundervoll galoppieren, ohne sich zu verletzen. Bille rannte in großen Sprüngen neben ihm her und führte ihn.

„Puh – du bringst mich ganz schön außer Atem!" stöhnte sie. „Bald kann ich dich an die Longe nehmen. Du bist ein intelligenter Bursche, du wirst das ganz schnell kapieren, nicht wahr?"

Zwei-, dreimal lief sie mit ihm noch hin und her, dann brachte sie ihn zurück in den Stall. Sie putzte ihn gründlich und bereitete ihm seine Kindernahrung. Während sie seine Mutter, Sinfonie, einer gründlichen Reinigung unterzog, brachte sie ihn zu Zottel in die Box, der den kleinen Kerl freudig wiehernd begrüßte.

„Könntest du nicht heute mal Sinfonie longieren?“ fragte Petersen. „Ich muß früher weg.“

„Klar, mach ich.“

Das war das Schöne an dem Leben mit Pferden, dachte Bille. Nicht der Turnierplatz, der Wettkampf, nein, der Alltag, die tägliche Fürsorge war das, was wirklich zählte. Sie beendete ihre Putzarbeit und ging mit Sinfonie in die Reitbahn hinüber. Der Wind rüttelte an Fenstern und Türen, aber hier drinnen waren nur die leisen Schnaufer der Stute zu hören, die im Trab Bille umkreiste.

Später las Bille den Zeitungsartikel dann doch noch. Sie zog sich zu Lohengrin in die Box zurück, putzte den Wallach gründlich und sattelte ihn. Und da sie bis zum Training bei Herrn Tiedjen noch eine ganze Weile Zeit hatte, hockte sie sich auf seine Krippe und vertiefte sich in die Lektüre.

Der Reporter hatte zunächst über die Geschichte des Neukirchner Reitvereins geschrieben, über den Reitlehrer und Veranstalter und über die erfolgreichsten Schüler der Reitschule. Aber dann kam es:

„Für eine Überraschung sorgte die dreizehn Jahre junge Sibylle Abromeit aus Wedenbruck, eine Schülerin Hans Tiedjens. Sie siegte im Springen um den Pokal der Stadt Neukirchen mit dem einzigen Null-Fehler-Ritt auf ‚Lohengrin', einem Pferd, das allen noch in guter Erinnerung sein dürfte. Sibylle Abromeit lenkte den schweren Wallach kaum sichtbar wie an einem seidenen Faden. Erstaunlich, wie das Pferd jedem ihrer Winke gehorchte! Eine reiterische Begabung, die zu den größten Hoffnungen berechtigt, ein Name, den man sich merken muß!“

„So ein Blödian!“ schimpfte Bille. „Hast du das gehört? Am seidenen Faden! Wo hat der denn seine Augen gehabt? Will er dich beleidigen? Märchenerzähler – keine Ahnung von Pferden!“

„Was meckerst du denn da vor dich hin?“

Bille hatte gar nicht bemerkt, daß Bettina und die drei Jungen in den Stall gekommen waren.

„Ach, der blöde Artikel. So ein Schmus“, muffelte Bille.

„Na und? Freu dich doch! Da – seht sie euch an: ist am Ziel ihrer Wünsche und mault noch rum“, sagte Bettina lachend.

„Am Ziel?“ Bille sprang von der Krippe und führte Lohengrin hinaus auf die Stallgasse. „Am Anfang bin ich! Ganz am Anfang.“

Titelbild: Kajo Bierl
Illustration: Werner Heymann
Redaktion: Karin Bonow-Lochner
Bestellnummer: 7845
© 1978 Franz Schneider Verlag GmbH & Co. KG
8000 München 46 · Frankfurter Ring 150 · Wien – Zürich
ISBN 3 505 07845 X
Alle Rechte der weiteren Verwertung liegen beim Verlag,
der sie gern vermittelt.
Ein weiterer Band ist in Vorbereitung

Spannende SchneiderBücher von Tina Caspari:

HABE ICH		WÜNSCHE ICH MIR
	Bille und Zottel (Band 1) Pferdeliebe auf den ersten Blick	
	Bille und Zottel (Band 2) Zwei unzertrennliche Freunde	
	Bille und Zottel (Band 3) Mit einem Pferd durch dick und dünn	
	Applaus für Bille und Zottel (Band 4) Die Freunde veranstalten eine große Pferde-Show	
	Bille und Zottel (Band 5) Die schönsten Ferien hoch zu Roß	
	Bille und Zottel (Band 6) Gefahr auf der Pferdekoppel	
	Ein Cowboy für Bille und Zottel (Band 7) Überraschender Besuch aus Amerika	
	Bille und Zottel (Band 8) Ein Filmstar mit vier Beinen	
	Bille und Zottel (Band 9) Im Sattel durch den Sommer	
	Bille und Zottel (Band 10) Im Hauptfach Reiten	

Gib diesen Wunschzettel Deinen Eltern oder Großeltern oder allen, die Dir gerne eine Freude machen wollen.

HABE ICH		WÜNSCHE ICH MIR
	Bille und Zottel (Band 11) Sensation in der Manege	
	Bille und Zottel (Band 12) Frühling, Freunde, freche Fohlen	
	Bille und Zottel Sammelband 1 Billes Erlebnisse mit ihrem geliebten Pony (enthält die Bände 1, 2 und 3)	
	Mit 13 hat man täglich Ärger (Band 1) Ein Mädchen sucht Freundschaft	
	Mit 14 glaubt man an die Freundschaft (Band 2) Beglückende Ferien in einer Reiterpension	
	Mit 15 wachsen einem Flügel (Band 3) Katja hat sich gemausert	
	Mit 16 tanzt man in das Leben (Band 4) Katja ist endlich am Ziel	
	Kleine Freundin Piri (Band 1) Christiane findet ein junges Kätzchen	
	Piri stellt alles auf den Kopf (Band 2) Viel Aufregung um eine Schmusekatze	
	Piri gewinnt alle Herzen (Band 3) Erlebnisse mit vier Katzenkindern	

Gib diesen Wunschzettel Deinen Eltern oder Großeltern oder allen, die Dir gerne eine Freude machen wollen.

Das magazin im Schneider-Buch

Alles über Ponys

Pferde und Ponys als Haustiere zu halten ist wohl nur den Menschen, die auf dem Land wohnen, zu raten. Aber auch der Stadtmensch braucht auf sein Pferd oder sein Pony nicht zu verzichten, wenn er es in Pflege gibt. Für Kinder im Alter von 10 bis 15 Jahren sind zunächst nur Ponys als die geeigneten Haus- und Reittiere zu empfehlen.

Die kleinen Rassen der Hauspferde, die Ponys, sind vor allen Dingen in den nördlichen Teilen Europas gezüchtet worden. Am bekanntesten sind zwei Arten: Das von der Insel Island stammende **Islandpony** und das auf den nördlich von England gelegenen Shetlandinseln gezüchtete **Shetlandpony.** Dieser Zwerg unter den Ponys findet immer mehr Liebhaber unter Haustierfreunden. Mit einer Schulterhöhe von zirka 80 Zentimeter ist dieses Pferd genausogroß wie die deutsche Dogge. Trotz dieser Kleinheit verfügt das Shetlandpony über erhebliche Körperkräfte, aber Erwachsene sollten nicht auf ihm reiten. Das Shetlandpony ist nur als Reitpferd für Kinder geeignet, als Wagenpferd auch für Erwachsene.

Ankauf

Kleinere Ponys sind teurer als größere. Für ein Shetlandpony mit einer Schulterhöhe von zirka 80 Zentimeter muß man schon 1000 bis 1500 DM ahlen. Erreicht die Schulterhöhe mehr als einen Meter, so kosten die Tiere twa die Hälfte.
Unter drei Jahren darf kein Pony zum Reiten oder Fahren benutzt werden – uch nicht von Kindern!

Der Stall

Der Stall für ein Pony muß mindestens eine Grundfläche von 2,50×3,50 Meter besitzen. Die Wände sollten aus festem Holz bestehen, und die Tür ntweder nach Süden oder nach Osten – also der wetterabgewandten Seite – eigen. Die zweiteilige Tür sollte stets offenstehen. Als Schutzgitter kann Maschendraht verwendet werden, damit der Stall gut durchlüftet ist. Shetandponys sind rauhes Klima gewohnt. Sie legen sich im Winter einen icken Pelz zu und frieren deshalb auch nicht.

Futter

Die Zusammenstellung des Ponyfutters macht keine größeren Schwierigeiten. Die tägliche Nahrungsmenge sollte aus einem Armvoll Heu, einem iter Hafer und drei bis vier gelben Rüben bestehen. Kraftfutter ist nur bei tändiger Beanspruchung nötig.

Reiten

Shetlandponys müssen selbstverständlich einen gut passenden Sattel bekomnen, auch das richtige Reiten muß gelernt werden.
Kinder sollten ihrem Pony einen täglichen Besuch abstatten und dabei auch icht die gelbe Rübe oder ein Stück Brot als Zeichen der Freundschaft veressen. Bei täglicher Beschäftigung wird das Pony sehr schnell zutraulich. Das Tränken mit klarem Trinkwasser und das Füttern sollten morgens von edem Kind selbst vorgenommen werden.

Pflege

Das Pony muß genauso gepflegt werden wie sein größerer Bruder, das Pferd. Veidetiere brauchen nicht unnötig viel geputzt zu werden.
n Herbst und im Frühling wechselt das Shetlandpony die Haare. In dieser eit wird es besonders sorgfältig gestriegelt, damit die abgestorbenen Haare us dem Fell entfernt werden können.
ie Hufe des Ponys brauchen nur dann Eisen, wenn es viel auf harten Straen läuft. Trotzdem müssen die Hufe regelmäßig nachgesehen und berundet erden. Das besorgt der Hufschmied.

Zwei Seiten zum Lachen

„Du kannst mir gratulieren! Ich begehe heute so etwas wie Silberhochzeit!“
„Toll! Fünfundzwanzig Jahre verheiratet!“
„Unsinn! Zum fünfundzwanzigstenmal!“

„Dieses Jahr weiß ich beim besten Willen nicht, was ich meiner Frau zum Geburtstag schenken soll.“
„Dann frag sie doch einfach, ob sie einen speziellen Wunsch hat.“
„So viel Geld will ich nun auch wieder nicht ausgeben!“

Der Richter will von der Zeugin wissen: „Wie alt sind Sie?“ Die Zeugin schweigt. Der Richter fragt ein zweites Mal. Die Frau macht den Mund nicht auf. Da brüllt der Richter drohend: „Wenn Sie nicht sofort sagen, wie alt Sie sind, lasse ich Sie von den Zuschauern schätzen!“

Vor einer Telefonzelle: „Jetzt gebe ich es auf“, meint ein Herr zu den anderen Wartenden, „die junge Dame in der Zelle hat soeben ihr Ohr gewechselt!“

„Ich kann nicht verstehen, Frau Schöne, daß Sie falsche Haare tragen. Bedenken Sie doch, daß sind die Haare einer anderen Frau!“
„Was macht das schon. Sie tragen ja auch die Wolle eines anderen Schafes!“

„Wo warst du?“
„Im Schönheitssalon?“
„Und warum bist du nicht drangekommen?“

Zwei Regenwurmfrauen begegnen sich. „Nanu“, fragt die eine, „heute so allein? Was macht Ihr Mann?“
„Ach“, schluchzst die andere, „der ist zum Angeln!“